旦那《アキラ》さんはアスペルガー 奥《ツナ》さんはカサンドラ

野波ツナ
tsuna nonami

監修：宮尾益知
どんぐり発達クリニック院長

解説：滝口のぞみ
臨床心理士　特別支援教育士

コスミック出版

はじめに

私ツナは
夫と子供2人の
4人家族です
ちょっと
個性的だけど
おだやかな夫と
平和に暮らして
いました
しかし
生活しているうちに
少しおかしな事や
困った事が
増えてきました

最初は気にしなかったのですが
違和感はどんどん大きくなっていき…
話し合いができない？
人の気持ちがわからない？
想像力がない？
結婚16年目に起きたある出来事がきっかけでやっとわかりました
Asperger Syndrome
夫はアスペルガー症候群だったのです
勉強の成績が良く特に問題行動もなかったので
周囲も本人も気づかないまま大人になっていました
いわゆる『自覚のないアスペルガー』
ちょっと変わってるよなー
天然だな

一方
私の方は
心身の調子が
悪くなっていました
気づいたら どん底状態
抑うつ状態
偏頭痛
持病悪化
不眠
不整脈
対人恐怖
PMS
生理不順
生活の不安や
疲れが原因だと
思っていましたが
そうでは
なかったことが
わかります
Cassandra Affective Disorder
それは
カサンドラ情動剥奪障害《じょうどうはくだつ》と
呼ばれる状態でした

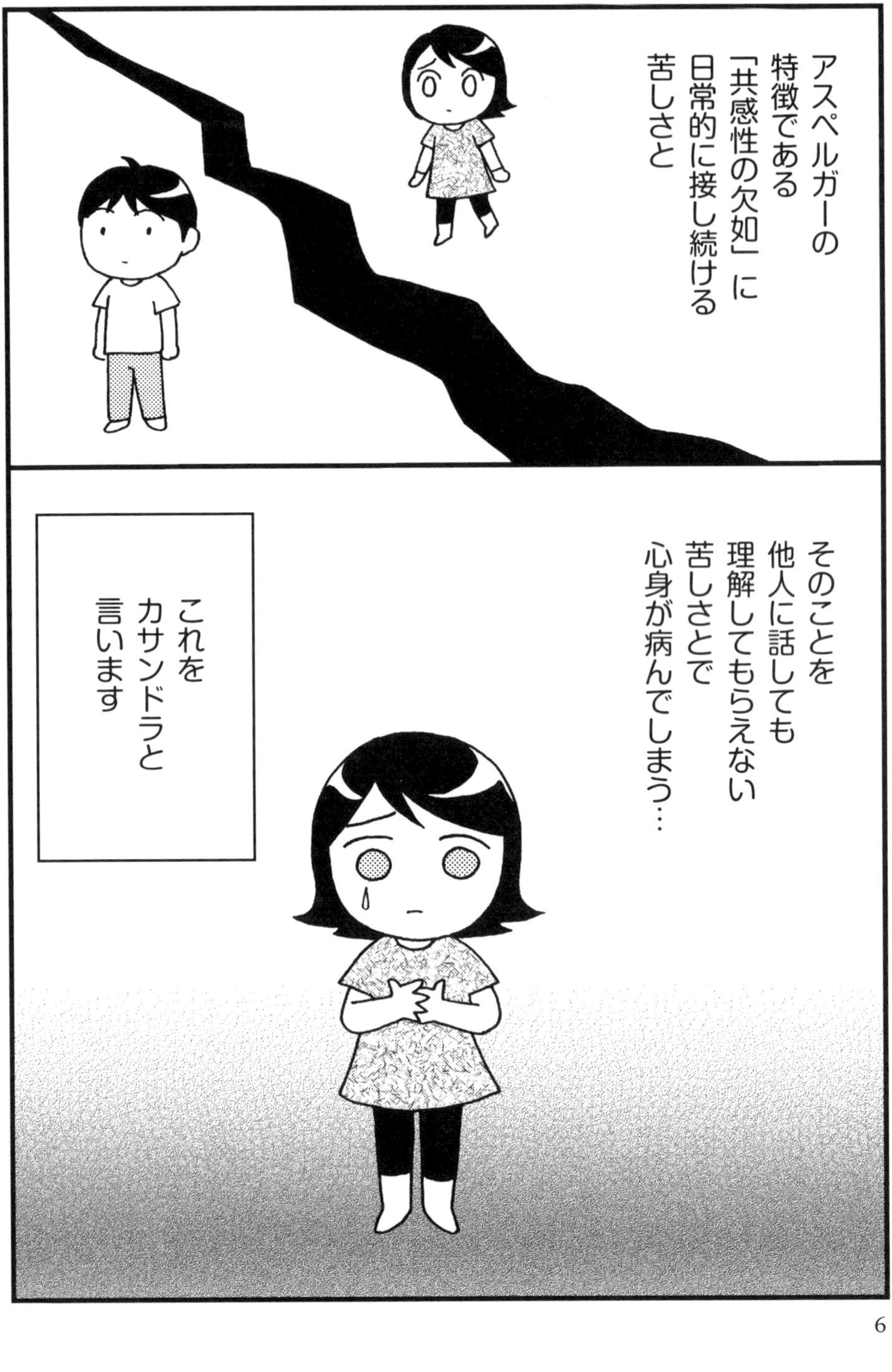
アスペルガーの
特徴である
「共感性の欠如」に
日常的に接し続ける
苦しさと
そのことを
他人に話しても
理解してもらえない
苦しさとで
心身が病んでしまう…
これを
カサンドラと
言います

この本は
16年間
夫のアスペルガーに
気づかないまま
ゆっくりと
カサンドラになり
その後
脱却しつつある
私ツナの体験を
描いています
「もしかして私も？」
「すでにそうなっている」と
感じている方に
読んでいただきたいです
どうぞよろしく
お願いします

Contents
目次

はじめに……3
人物紹介……12
アスペルガー症候群の特徴……14

第1章 私がカサンドラになるまで
プロローグ……17
手探りな二人……23
分岐点……33
波乱の5年間……42

第2章 カサンドラのうずの中
良くない状況……50
話し合いたいのに……56

絶望した日……61
空虚な目 空虚な心……66

第3章
深まるカサンドラ
つかの間の希望……76
転 覆……82
アスペルガーとわかったけれど……92

第4章
カサンドラからの脱出
別々の暮らし……99
カサンドラとの出会い……104
もつれた毛糸玉……108
本当の回復へ……112

第5章 カサンドラな妻たちの想い

私のカサンドラからの回復10段階……122

カサンドラ――夫婦という最も身近な相手とわかりあえない孤独 滝口のぞみ（臨床心理士、特別支援教育士）……128

カサンドラな妻たち100人の想い～特別アンケートより……130

●Dr.宮尾のアスペルガー症候群最新事情

①アスペルガーの概念と呼称……31

②カサンドラ状態とは……107

●滝口のぞみ先生のカサンドラ状態――臨床の現場から

①結婚を境に変化するアスペルガー……40

②不安を解消するための可視化……60

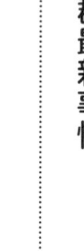

③アスペルガーと暮らすヒント……65
④アスペルガー夫と家を守る妻という図式……73
⑤診断が理解のきっかけになる……89

●あの日あの時
見過ごしてしまった失敗……30
責任の所在……41
嘘はついてない……90

●ツナのカサンドラ年表……120

●家族関係を見つめ直し、その始まりに気づく
本書は家族カウンセリングの治療経過そのもの
宮尾益知（どんぐり発達クリニック院長）……136

●あとがき……140

人物紹介

ツナ（私）

この本の作者で
主人公。カサンドラ
状態にあった。

アキラさん

ツナの夫。
アスペルガー
症候群を持つ
元編集者。

娘

大学生。
本と歌う
ことが好き。

息子

中学生。
ゲームと踊る
ことが好き。

「旦那（アキラ）さんはアスペルガー」シリーズを第1作から監修していただいています。2014年5月にどんぐり発達クリニックを開院、ますます精力的にご活躍中です。

Dr.宮尾益知

Dr.宮尾にご紹介いただき、今回カサンドラについて色々と教えてくださいました。アスペルガーとカサンドラカップル双方とのカウンセリング経験も豊富です。

滝口のぞみ先生

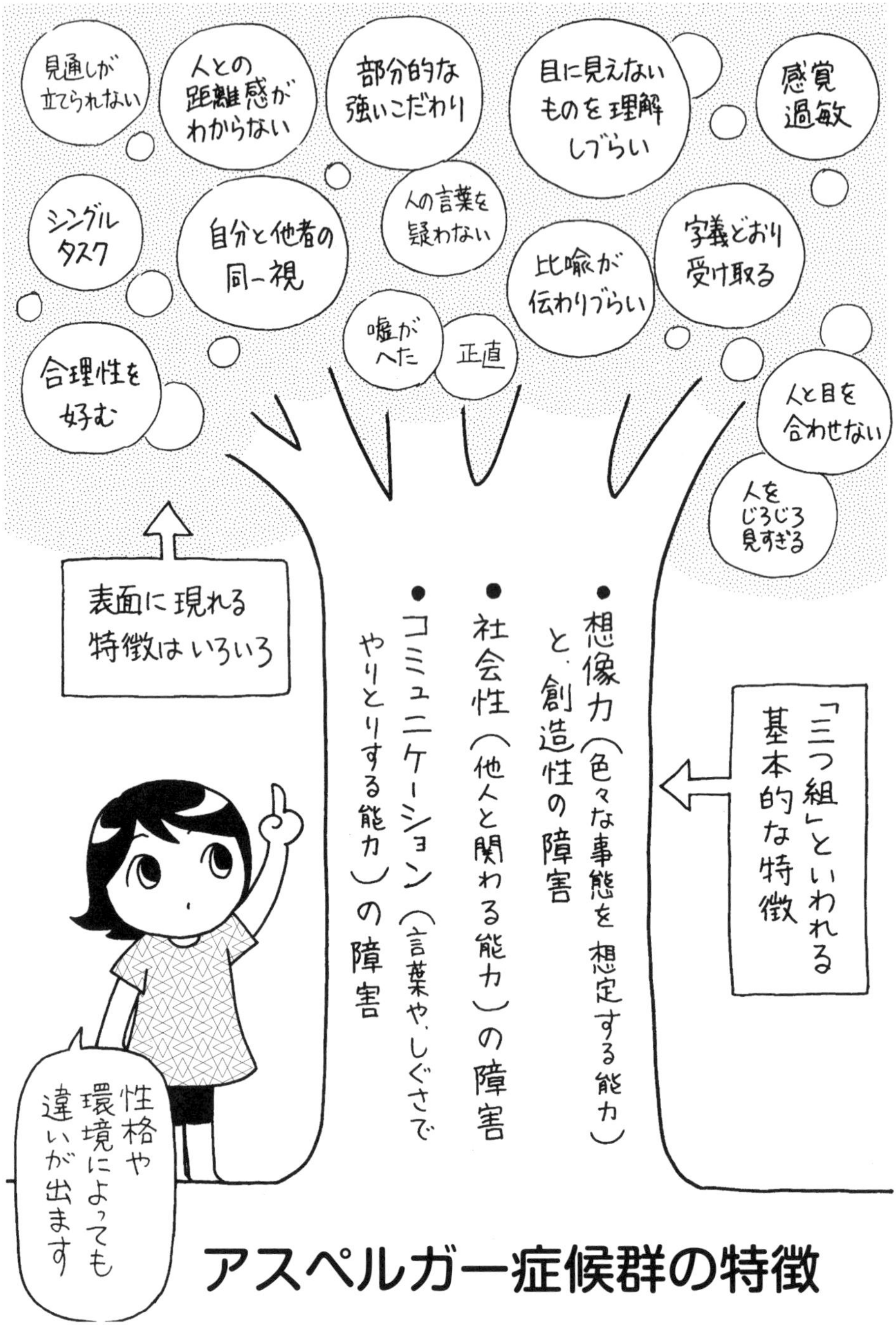

アスペルガー症候群の特徴

第1章 私がカサンドラになるまで

専門的な仕事を持ち育児にも協力的な夫、アキラさん。
しかし、個性的な言動にツナは戸惑い、
疑問を持ち始めた。

プロローグ

アキラさんとは仕事で知り合った
すみませんお待たせしました〜〜
このころはメガネ
仕事相手だから男性として見ていなかったが
あまりにもおだやかなので
待つのが仕事ですから大丈夫ですよ
いい人だなあ
…と思うようになった
それにマメだし
さしいれのケーキどうぞ
わー
わー
←アシさん
仕事に関係ないこともマメだし!
この前言ってたCD持ってきました

打ち合わせがてら飲みに行きませんか
お酒好きだそうで
わー行きます♪
ごちそうさまでした――
よかったらもう一軒行きますか
そうしているうちに個人的な好意を持つようになった
一方アキラさんはツナのことをこんな風に思っていた
らしい
最初はあくまでマンガ家の一人

ワタシ好みのマンガを描いてくれてうれしい
趣味が近くて話が合う
飲みに誘ったらこころよくOKだったし
それによく見たら小さくてカワイイ
かも
20年以上前なので…
酔っ払い
そんなこんなでなんとなく両想いになった二人…

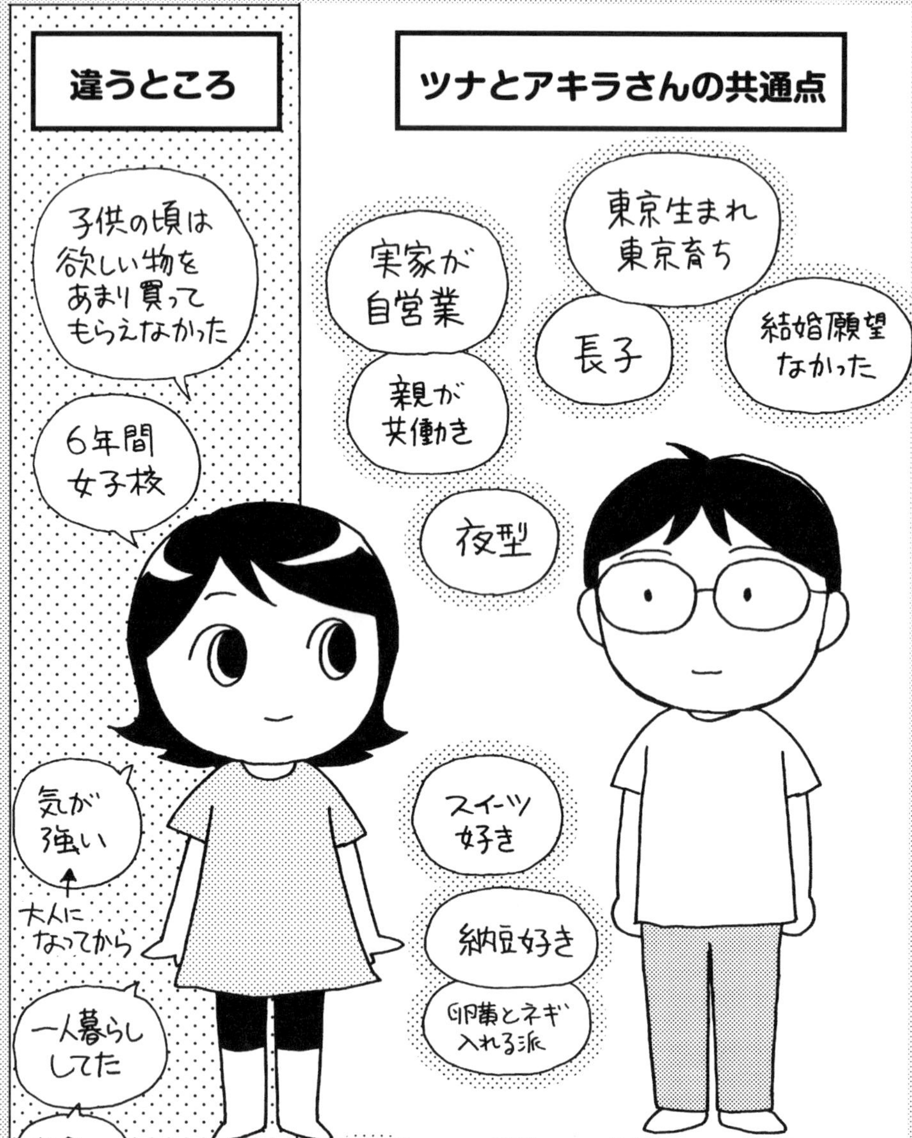
違うところ
子供の頃は欲しい物をあまり買ってもらえなかった
6年間女子校
気が強い
大人になってから
一人暮らししてた
お金にシビア
料理とくい
ツナとアキラさんの共通点
東京生まれ東京育ち
実家が自営業
長子
結婚願望なかった
親が共働き
夜型
スイーツ好き
納豆好き
卵黄とネギ入れる派
マンガ好き
本好き
音楽好き
映画好き
このへん ジャンルは 微妙に 違う

気になるところがないわけでもなかったが
貯金はしてないです
えーした方がいいよー
まあ私も最近までできなかったし
環境や趣味が近いこともあって話は弾んだ
大長編マンガをいっしょに読む
いっしょにいて自然でラクだったのだ
この人なら結婚してもうまくやっていけそうだなあ
…と思った

旦那《アキラ》さんはアスペルガー
奥《ツナ》さんはカサンドラ

手探りな二人

当初は
別居&通い婚で
スタート
アシスタントさんが
泊まりこむ間は
夫のいる場所が
ない
そういうのも
最近は
アリかも
しれないわね
ツナ母
アキラ母
うちの子
あんな
だから…
しめきりに
追われて
引越しが
できない
ヘンかなぁ
いいんじゃ
ないですか
昼夜逆転
貯金が
ない
私は
一人きりじゃないと
ネームが作れなかった
ので…
こういうことを
理解してくれる
人でよかった
アキラさんは
私に「妻らしさ」は
求めなかった
私も
アキラさんに
「夫らしさ」は
求めなかった

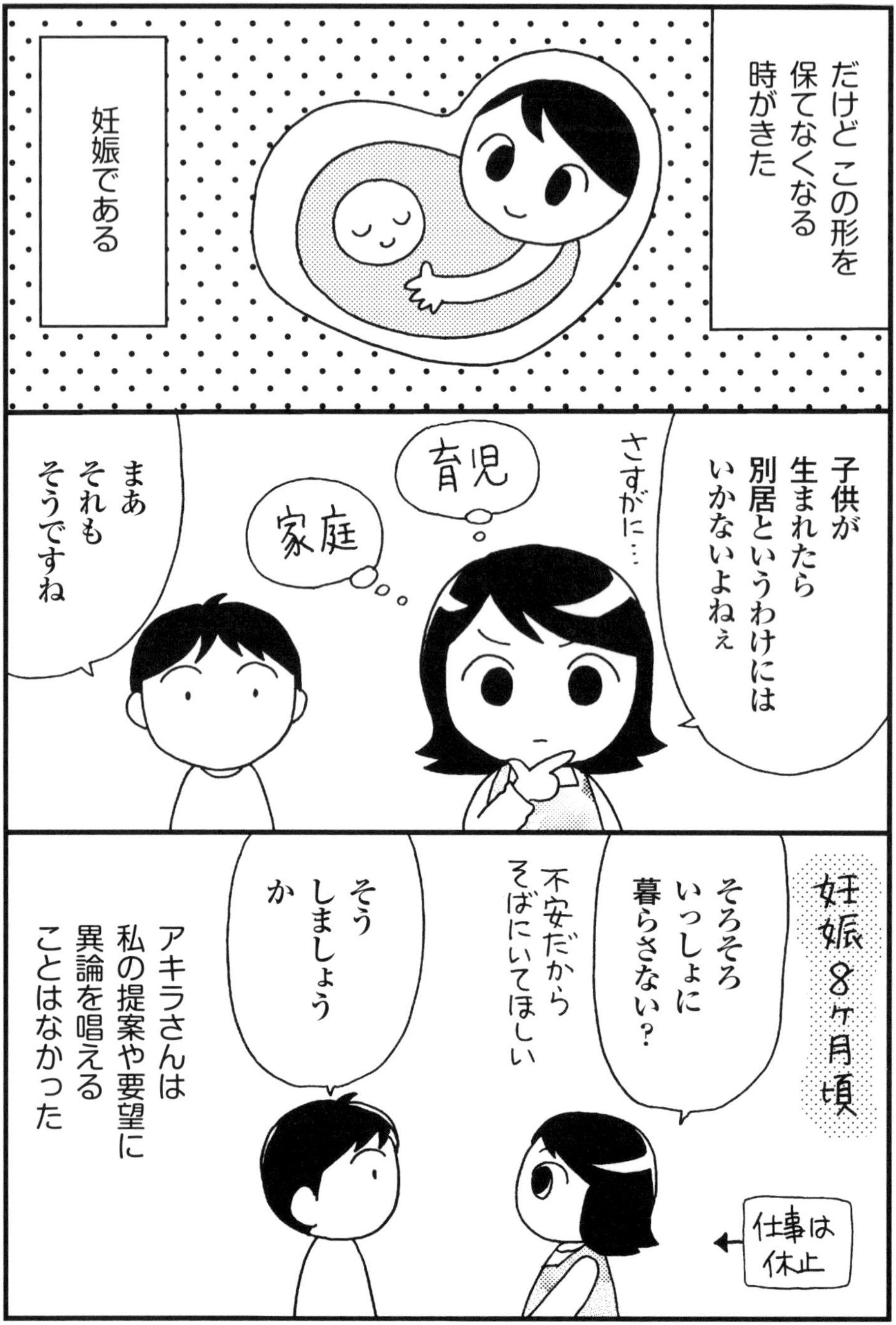
だけどこの形を保てなくなる時がきた
妊娠である
子供が生まれたら別居というわけにはいかないよねぇ
さすがに…
育児
家庭
まあそれもそうですね
妊娠8ヶ月頃
そろそろいっしょに暮らさない？
不安だからそばにいてほしい
そうしましょうか
アキラさんは私の提案や要望に異論を唱えることはなかった
仕事は休止

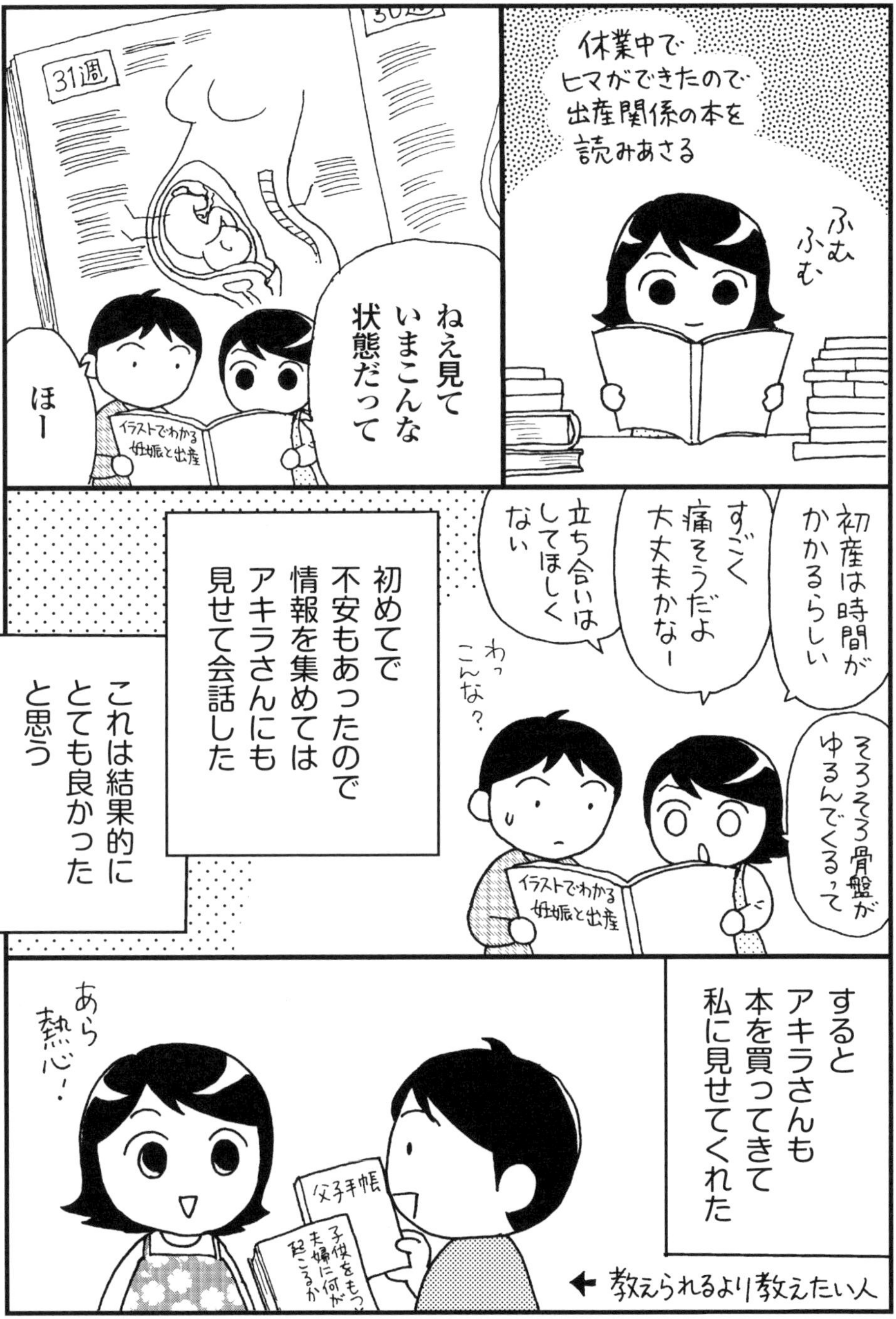
休業中で
ヒマができたので
出産関係の本を
読みあさる
ふむ
ふむ
31週
ねえ見て
いまこんな
状態だって
ほー
イラストでわかる妊娠と出産
初産は時間がかかるらしい
すごく痛そうだよ大丈夫かなー
立ち合いはしてほしくない
わっ
こんな?
そろそろ骨盤がゆるんでくるって
イラストでわかる妊娠と出産
初めてで
不安もあったので
情報を集めては
アキラさんにも
見せて会話した
これは結果的に
とても良かった
と思う
すると
アキラさんも
本を買ってきて
私に見せてくれた
あら
熱心!
父子手帳
子供をもつ夫婦に何が起こるか
← 教えられるより教えたい人

そして…
夜0時
←ゲーム
うーん
うーん
ねえ陣痛強くなってきた～
はい
おっと
いたたた
ねえ
そろそろ病院に行く準備……
このステージもう少しでクリアだから待ってください
陣痛始まったって言ってるのに一度も振り返らないってどーゆーこと!?
いたたたたた
終わりましたら行きましょう

でも病院では黙ってついててくれたアキラさん
痛いー
死ぬーー
死ぬって言ってるけど大丈夫ですか!?
あらあら
大騒ぎしながら20時間後に無事出産
はー
ほえー
おつかれさまでした…
あなたもね〜
おそるおそる…
ヘンテコ夫婦だった私たちもこうしてフツーの家庭を築いていくんだな
あらお父さんじょうず〜
…と思ったのだった

育児が始まると…
まだ休業中
一人でヒマな時間は観察日記を描いて
○月○日
寝ながら笑うみたいな顔をしたよ
ひーん
自分の目をたたいちゃって大泣き！
仕事から帰ったアキラさんにそれを見せたり
二人で育児書と見比べたりして楽しんだ
もうすぐ寝返りするかも
はじめての赤ちゃん
アキラさんは子供の世話なら頼めば何でもしてくれた
ミルク
おむつ
おでかけ
おーすげー

子育てを通して
私もアキラさんも
いっしょに成長して
「個人」から
「家族」に
変化していった
…と
私は思い込んで
しまったのだ
この勝手な思い込みが
今後どんなことを
招くのかは
予想もしていなかった

子供が生まれてからアキラさんの借金が発覚！
こんなに・・・
←カードと明細
その合計は約100万円
サラ金のカードはこれで全部!?
はい
残債を一括で返済して回り
厳しく言い含めた
二度とサラ金から借りないで！わかった!?
はい…
これで問題が解決したと安心したのは私の失敗だった…

Dr.宮尾の

アスペルガー症候群最新事情

①アスペルガーの概念と呼称

医学の進歩はまさに日進月歩、日々研究や臨床の現場から新たな発見がされ、発表されています。

アスペルガー症候群についてもこの「旦那（アキラ）さんはアスペルガー」のシリーズ1冊目を出版した2011年からはいくつかの認識や表記の変化がありました。

まず「アスペルガー症候群」は独立したものではなく、自閉症スペクトラムの中の一症状に含まれるとの診断基準がされたことです。「自閉症スペクトラム」とは3つ組の障害を持つ大きな意味、範囲での「広汎性発達障害」を示す言葉です。

このように定められたことによりアスペルガー症候群は「高機能広汎性発達障害（知能の遅れのない発達障害）」と分類され、認識されることとなりました。しかし、臨床、診察の現場では従来通り「アスペルガー症候群」と呼ばれていることが多いので、本書でもこれまでと同じくそのように記していきます。

また、アスペルガー症候群の特性を以前は「受動型」「積極・奇異型」「孤立型」など5つに分類してきました。例えば本書のアキラさんならば「受動型」（自発的な社会的接近はできないが、他者からの接近は許す）となります。

しかし、これらの型にはめた分類は本来、自閉症に使われていたもので、知的に高いアスペルガー症候群にはあてはまらない部分も多かったのです。そこで最近は3つ組の障害（コミュニケーション、社会性、イマジネーションそれぞれの障害）が、どの点において強く出ているかで、診断するべきと考えられています。

名称や分類の変化に留まらず、病理や治療方法も研究が進んでいます。

たとえば人の脳内ではシナプスという神経細胞が、社会性のネットワークをつくっています。アスペルガー症候群ではその伝達が上手くいかないことがあるとわかってきました。

またホルモンの一種であるオキシトシンを鼻から吸入することで、脳の社会性ネットワークが活発になり、コミュニケーションの障害が改善されたという研究報告もあります。

いずれも研究段階ですから、まだまだ長い時間と検証が必要でしょうが、様々な取り組みがなされ、少しずつ前進しているのは確かです。

社会の理解や支援体制も含め、これからも日々進んでいくでしょうから、常に新しい情報を確認し、うまく取り入れていただきたいと思います。

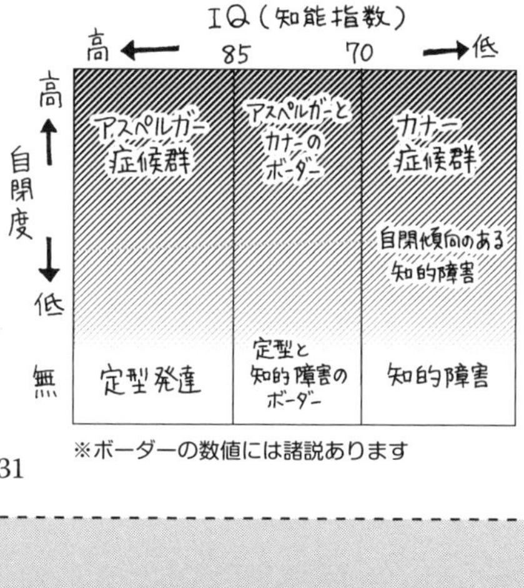
IQ（知能指数）
高
85
70
低
高
自閉度
低
無
アスペルガー症候群
アスペルガーとカナーのボーダー
カナー症候群
自閉傾向のある知的障害
定型発達
定型と知的障害のボーダー
知的障害

※ボーダーの数値には諸説あります

旦那《アキラ》さんはアスペルガー
奥《ツナ》さんはカサンドラ

分岐点

長女が4歳の時
長男が生まれた
子供が2人になると
そのぶん忙しくて
なんとなく分担が
できていった
私
息子の授乳
アキラさん
娘の相手
1年くらい経った頃
アキラさんの仕事が増えて
深夜まで不在になり
大急ぎ！
待ってて一
あっ
おとうと
おきたよ
←バスマット
私は家事と育児に
明け暮れる

本当は二人で働いて二人で育児をしたいけど
アキラさんは忙しくなったしそのぶん収入も増えたわけだし…
…となんとなく夫婦の役割分担を考えるようになった
一人きりの育児はつらいこともあったけど
ママートントンしてー
ごめんちょっと待ってて～
アキラさんは家にいる間は協力してくれたし
休みの日は子供たちの世話を引き受けてくれたし
2人連れて大きい公園に行ってきます
ありがとう！

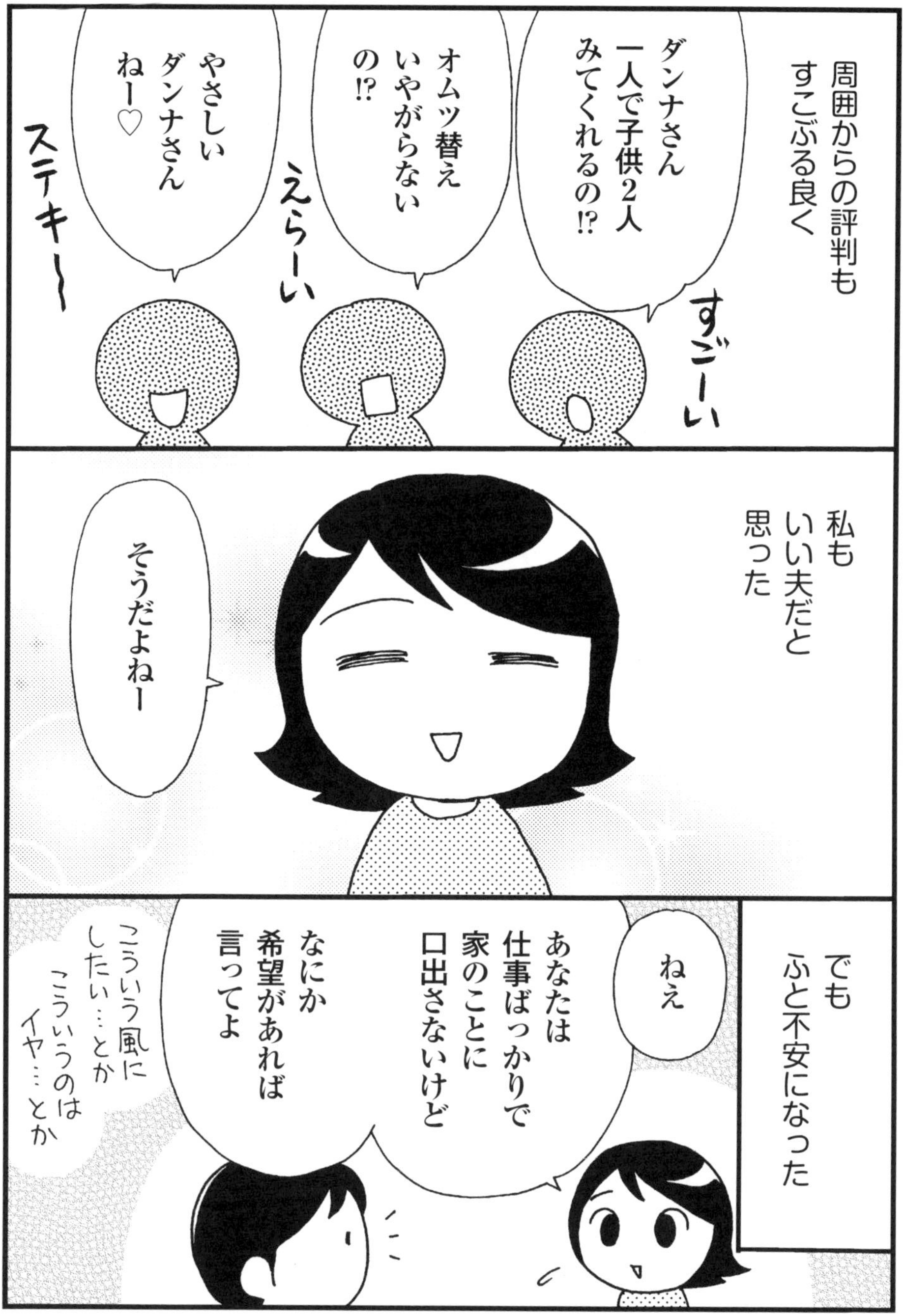
周囲からの評判も すこぶる良く
ダンナさん 一人で子供2人 みてくれるの!?
すごーい
オムツ替え いやがらない の!?
えらーい
やさしい ダンナさん ねー♡
ステキ〜
私も いい夫だと 思った
そうだよねー
でも ふと不安になった
ねえ
あなたは 仕事ばっかりで 家のことに 口出さないけど なにか 希望があれば 言ってよ
こういう風に したい…とか こういうのは イヤ…とか

うーん
ワタシは特に
「こうしたい」
というのは
ないので
アナタに
決めてもらって
それに従う形で
いいですよ
ホントに
それで
いいの？
そんな
ある日…
あっ
近くの
物件だ
チラシ
新築一戸建
内覧
へー
一戸建てで
この価格！
いいな〜
4LDK
ひやかしに
来ちゃった
家の前が
私道なので
少しお安く
なっています
35年ローンですと
こうなります
今の家賃と
変わらない

…と いうわけ だったの
ほー
小さいけど いい家 だったな〜
お風呂が 広くてさー
間取りも いいし 場所もいいし
いいな〜 欲しいな〜
駐車場 ないけど どうせうち 免許ないし
きっとすぐ 売れちゃう だろうなー
いいんじゃ ないです か？
えっ
これなら ローンも 払えるでしょ
えっ？ 買っちゃう？
本気!?
だって 良かったん でしょう？
じゃあ いっしょに 見に行こう
明日 日曜だし！
ワタシが 見る必要は ないですよ
なんでよ!? いっしょに見て じっくり 考えなきゃ！

アナタが
いいと思ったなら
いいんですよ
私はすっかり
舞い上がって
数日後
一人で仮契約
まったく
見ないままじゃ
あんまりだから
その後
ひっぱっていって
外から見た
これだよ
いいじゃ
ないですか
家を買うというのは
手続きが
それはそれは大変で
税務署
過去3年分の
納税証明
収入証明
2人とも
自由業なので
書類 ハンコ
予備審査
ローン審査
口座開設
契約
ハンコ
書類
登記 ハンコ

買ったあとも大変で
手配
荷物処分
引越し
見積もり
荷解き
区役所
手続き
ひいひい
アキラさんは仕事が忙しいから私がやるしかない
家を買うのは私が言い出したことだし…！

このとき
家を手に入れるための
様々な作業を
私一人ではなく
いっしょにやっていたら

アキラさんの意識は
少し違うものになった
かもしれない…と
のちに思うのだった

滝口のぞみ先生の

カサンドラ状態——臨床の現場から

①結婚を境に変化するアスペルガー

カサンドラ状態に陥った人は「どうしてこの人を選んでしまったのだろう」と、後悔することもあるでしょう。しかし思い返してみると、恋愛しているときはとても魅力的な人だったはずです。

　アスペルガー症候群の男性は恋愛しているとき、多くは情熱的で女性に尽くしてくれます。記憶力がよく、誕生日や記念日にはプレゼントを欠かしません。後から思い出すと、彼なりのこだわりがあるプレゼントでいつも同じものだったりするのですが、その時は特別な存在に思えたのです。

　気持ちを表すためにはプレゼントは有効だと知っているので、そのためにはその人が一番欲しいものをあげたいと思うのかもしれません。「これをあげると喜んでくれる」という成功体験が、また同じ物を贈ることになったりします。

　しかし、アスペルガーの男性は結婚すると大きく二つに分かれます。ひとつは関係性が変化することを受け入れられず、恋人同士のままのパターン。もうひとつは婚姻届が提出され正式に夫婦になると、それまでとはまったく違う態度を取るパターンです。どちらもパートナーをどのように捉えたかで決まります。恋人との結婚なのか、社会的に結婚をするのかの違いかもしれません。

　恋人同士のままの場合は、パートナーを恋人として認識したことが変化しないので、子どもができると問題が生じます。夫にとって妻は恋人であり子どもの母親ではないのです。夫は恋人を子どもに取られたことにショックを受け、妻に裏切りを感じ、子どもをライバル視します。妻に「自分と子どもとどちらが大事なのか」と迫る人も珍しくありません。子どもはいらないという人もいます。妻が子どもに愛情を向けることを制限したり、子育ての手伝いは全くしてくれず、妻はひとりで子育てをしているような孤独な気持ちになります。

　一方、夫婦となった途端に態度が変わる夫は、結婚後は妻を他者として認識しなくなるようです。アスペルガーの人は無駄なことはできません。結婚したのですからこれまで妻にしてきたこと、言ってきたことを全くしなくなります。妻の行動に対して厳しく、自分と同じルールを守らせる人もいます。もはや妻の気持ちを配慮する必要はないのです。そのため会話もなくなり、むしろ独りでいたがり妻は孤独に陥ります。妻からの否定は裏切りになります。時には暴言や暴力があることもあります。

　アスペルガーの男性との結婚は、恋愛のときは熱愛されるので、周囲からは「自分が選んだのだから」「そこが好きだったのでしょう」と言われがちです。しかし愛した人とこれほど気持ちがすれ違い、一緒にいるのに孤独になることなど誰にもわからなかったのです。

あの日あの時●責任の所在

アナタの決めたことに従います
…と言っていたアキラさん
でも実はそうでもなかった
頼まれる前にこっそり逃げたり
スッ…
……いやあ〜
半笑い
返事をにごしたり
へーい…
目をそらす
返事だけだったり
やりたくないことは言われてもぜったい従わない
私の意志を尊重してくれてるわけではなく
自分で決めたくないだけでは？
モヤモヤ
他者の行動を決めることで「その結果の責任」を負うことになる
決定の責任
指示の責任
結果の責任
この頃の私はその重さにまだ気づいていなかった…

波乱の5年間

新居での生活が
始まった
わーい
庭だー♪
その後
長女小学校入学
長男転園と
あわただしい
毎日が続き…
入学式
私の仕事も
増え始め
読みきり
ですね
はい
大丈夫
ですっ
目が
回るほど
忙しい!
でも
家買ったから
頑張らなきゃ
バリ
バリ

そうして引っ越してから2年…
あれ?
ハァ ハァ
心臓が苦しい…
検査の結果
バセドウ病ですね
ハァ ハァ
投薬で数値が落ち着くまで安静に生活してください
この病気原因はよくわかっていないのですが
ストレスで悪化するのでそれも気をつけて
ストレスか…
ずっと忙しかったからなあ

一人で抱えこみすぎたかもなぁ…
近所づきあい
家族サービス
PTA
夫
子供
仕事
家庭
しばらく無理しないでできることだけやろう
最低限の家事
病気の治療
子供
レギュラー仕事
この頃アキラさんは収入が右肩上がりで金遣いも荒かったが
マージャン
コンサート
スロット
飲み
大人買い
オモチャ
そのぶん家にもたくさん入れてくれるし…
私が病気になって家のことも手伝ってもらってるし
忙しいぶんストレスも溜まるだろうからあんまりうるさく言わないでおこう
ストレスは良くない！

1年ほど治療したら体調が回復して仕事や家事をこなせるようになった
薬が効いた!
一安心
しかしホッとしたのもつかの間今度はアキラさんが…
仕事激減
廃刊ですって
えっ大変!
一難去ってまた一難
いやまあ小さい仕事は残ってるから
そのツテで次の仕事がもらえれば問題ないので
しかしアキラさんは自分からは動かなかったので仕事は増えず
翌年には残っていた仕事も終わってしまった

私が病気で動けない時には頼っていたんだから
今度は私が支える番
貯金しておいてよかった
仕事がなくなったのはアキラさんのせいじゃない
売れるモノを作れなかった…というのはあるけど
家事や育児も手伝ってくれるし
でも一向に仕事を探す気配がないのはどうよ!?
一日の大半遊んでる

見かねて私がいろいろ勧めても
以前お世話になった〇〇さんにたのんでみたら?
画像ソフトが使えれば私の担当さんが仕事くれるって覚えたら?
あー言えばこー言う
あの人は嫌いです
今さらワタシには無理です
じゃあどうするつもりなのよ
誰も誘ってくれなかったらずっと仕事しないの?
そして私は病気を機にいったん下ろした荷物をまた抱えて
再びがむしゃらになるしかなかった

旦那《アキラ》さんは
アスペルガー
奥《ツナ》さんは
カサンドラ

第2章

カサンドラのうずの中

失職し主夫となったアキラさんにストレスを溜めていくツナ。
激変していく生活について話し合うこともできず、
孤独感を強くする。

良くない状況

新居では はじめ
2階の広い部屋を
アキラさんと私で
使っていた
私の机→
←アキラさんの
机
でもアキラさんが
いつも家にいるように
なったので
集中
できない…
私は仕事部屋を
1階に移した
リビング横
和室
ここの方が
便利かも
台所が
近いし
夜も仕事するため
布団も持ち込んで
ちょっと
仮眠
2階の部屋に
私が入ることは
ほとんどなくなっていた

いつまでたっても
仕事を探さないので
料理
仕事
買い物
そうじ
子供の世話
せんたく
アキラさんにも
家のことを
分担してもらう
ことにした
だけどこれが
いろいろ大変で…
買い物
おねがい～
牛乳
たまご(10コ)
長ネギ(3本)
千円札が
ないから
一万円だけど
おつり
返してよ
家計簿
つけてるから
レシート
もらってね
へーい
一万円
30分経過
まだかな
すぐそこ
なのに…
ガチャッ
おかえり…
えっ!?
ふーー

ついでなんで
いろいろ…
切れてるものとか
安かったものとか
高いティッシュ
冷凍食品
ラップ
海鮮チャーハン
やわらかセレブ
やわらかセレブ
やわらかセレブ
デザート
カップめん
おさしみ
半額
20
おつりとレシートです
4千円ちょっと
一万円札を渡すんじゃなかった!
よけいな物ばっかり…
あのねえ! 全部使っていいわけじゃないのよ
うちはいま お金がないってわかってるはずでしょ!
生活費なのよ!
もーっ
アキラさんはお金の概念がわかっていないのかもしれない
お金がないって言ってるけどあるじゃないか
ついでにいろいろ買っておいてやろう
アキラさんなりの気づかい?
一万円
とにかく現金を見せちゃダメなんだな

子供の世話も
そろそろ2階に行って寝かせて
へーい
深夜1時
あ
あの資料2階の部屋にあるんだった
そーっ
む？
あっ
なんで起きてるの!?
小学2年生
っていうかなんでテレビ見せてるの？
まだ眠くないって言うから…
ダメよ
テレビ消してちゃんと寝かせて！
へーい…
ピッ

それでも
2階は私があまり
行かないもんだから
その後も
やめなくて
こらっ
また!
電気
つけっぱなしで
寝かせてたり…
こう
こう
テレビも電気も
睡眠の妨げになるから
ちゃんと消してってって
言ってるでしょ
はぁ…
その気がない返事
口をすっぱくして
言っても
アキラさんは自分が
納得できないことは
一切やらないのだった

他にも
アキラさんがいつも
家にいるようになって
気づいたことがあった

かけ湯を
しないで
湯船に入る
わぁ
汚い
ザッと
洗ってから
入るように
して
はぁ…
その気がない

トイレを汚す
使った後は
これで拭いて
そうじ用
シート
……
もう返事すらしない
以前は
アキラさんが
家にいる時間が
少なかったし
深夜の
帰宅だったので
気づいてなかった
…
フロは
しまい湯だった
トイレは ここまで
汚れなかった
この2つと
長男の寝かしつけ
だけは改善して
ほしかったが
マイルール
おそらく
アキラさんには
一度固定した
やり方は
変えられなかったの
だろう
アスペルガーゆえの
いろんな「こだわり」や
「マイルール」があったのだと
後になって理解したけれど
この頃の私は
夫がアスペルガーだとは
思いもしなかったので
改善してくれないのは
私に不満があるから？
と考えていた

話し合いたいのに

言われた
家事だけ
する夫
あとは
ゴロゴロ
夜中に
ネット
この家の状況は
すごく不健全だと
思う！
疲れてる
いつも机に
向かってる
イライラ
してる
そんな両親を
見ている
子供たち
あんまり
言いたくないけど
このままじゃ
やっていけないから
早く仕事
みつけて
バイトで
いいから
……

貯金があったから
この1年は
なんとかなったけど
もう限界！
ほら
これ見て
家計簿
二人で
がんばらないと
やっていけないの
子供たちに
父親らしいところ
見せてやってよ
……
……
反応が薄いので
私の言い方も
だんだん強く
なってしまう
ねえ
聞いてる!?
はい
じゃあ
考えてること
話して！
……
何を言っても
だんまりの
アキラさん

あなたの考えを聞きたいのになぜ何も言わないの？
話し合いたいのにいつも私が一方的に話してばっかり！
答えがYESかNOの質問にしか答えられない…
アスペルガーのそういう特性をこの頃の私は知るはずもなく
無駄な〝話し合い〟を何度も試みた
夫の無反応は経済的な問題以上に私を追いつめ
どれだけ訴えれば伝わるの？
私と話したくないから黙ってるの？
私はどんどん混乱していった

でも男の人って そういうとき 何も言わなくても ちゃんと考えてる ものだから
やさしい友人
大丈夫 あなたの気持ちも 伝わってるはず
ああ ふつうの旦那さんは そうなんだね
そうかー
でも うちの夫は どうも そうではない 気がするんだ…
よくわからないけど なにかがおかしい…
私の気持ちが 夫に伝わらない
夫の考えが わからない
私の話を 理解してるのかどうか わからない
その重さはじわじわと 増えるばかりだった

滝口のぞみ先生の
カサンドラ状態――臨床の現場から
②不安を解消するための可視化

　アスペルガー症候群のパートナーを持つ人の悩みに「行動を監視されているようだ」というものがあります。仕事中でも、休みでも一緒に行動していないと「今日は何をしているの?」「いまどこにいるの?」などと四六時中、電話やメールが届き、気が休まらないということはよく聞かれます。あるいは、こちらの状況に関係なく、パートナーの都合で突然「〜をしろ」「あれはどうなってる?」と言われることもあります。どうしてこのようなことが起きるのでしょうか。

　アスペルガー症候群は「イマジネーション」「社会性」「コミュニケーション」の3つの領域に困難を持っています。

　イマジネーションに困難があると、自分から見えないところにいる相手が何をしているか、あるいは自分の言葉の効果や結果を想像することが難しいのです。本人には監視などという意識はありません。ただ、パートナーが何をしているか分からないので知りたかったり、パートナーにも都合があると考えられずに自分の用事をして欲しかったり、分かっているはずだと思い込んでいたりするのです。

　では、どのように対処したらよいでしょう。どうしたらアスペルガーのパートナーに安心してもらえるでしょうか。

　何度も訊かれることのないように、前もって予定を伝えておくことも有効だと思います。しかし、いくら事前に口頭で予定を伝えても、聞いていないようなことはよくあります。彼らはどちらかというと聴覚的な情報が苦手です。

　基本は具体化、可視化です。予定、つまりこちらの行動を目に見える形にしておくことが重要です。パートナーからよく見えるところにあるカレンダーにスケジュールを書き込んでおいたり、毎日決まった時間に予定をメールしたりすることも安心に繋がります。アスペルガーの人はイマジネーションが苦手なので、時刻表のようにどこにいて何をしているか、具体的に可視化されたメールやスケジュール表を持っていることに安心するのです。

　最近、よく利用されている会話形式で表示できるメッセージサービスは、前後の会話も読み返しができ、発信や返信、情報を読んだ時間までがわかります。スタンプなどのイラストも具体的なものを選べば手がかりとして分かりやすいので、非常によいコミュニケーションツールではないでしょうか。

絶望した日

無職生活の
アキラさん
SNSで
日記を書くのが
もっぱらの楽しみ
コメントが
つくのが
うれしい
しかしある日
我が家の
プライベートな記事と
子供の顔写真を
載せていたので
やだ！
私のことも書いてる
ねえ！
あの記事は
困るよ
悪いけど
削除か修正
して！
え？
ネットにむやみに
顔写真や情報
出してほしく
ないの
アナタの
だけなら
まだしも
削除は
できません
えっ
なんで？
だってもう
コメントが一件
ついてるんです

コメント＞妻の頼み
え？
理由はそれだけ？
はい
というのはですね
記事を削除するとコメントも消えてしまうんですよ
それは知ってるよ
コメントをくれた人に悪いじゃないですか
カチン！
妻のイヤがることをするのは悪くないの⁉
するとアキラさんは貝のように黙りこんで
……
空虚な目で無表情になった

また その目…!
この目になったら 何を言っても 反応しなくなるのだ
黙る理由を 以前アキラさんは こんなふうに 言っていた
怒ってる人に 何か言うと かえって怒るから
おさまるまで 待つんです
いつも 私が「怒ってる」 ことしか アキラさんには 伝わらない
怒ってる理由は どうでもいいの?
私は アキラさんの いる家に いたくなくて 外に出て
カフェでコーヒーを飲みながら
持ってた紙にぎっしり アキラさんの悪口を書いた
家族を守る気がない
遊んでばか
妻の気持ちより ネットの他人が大事なのか?
思いやりがない
他人にばか いい顔した
黙りこむのは ヒキョウ!
子供泣かす!
仕事 家事 どっちもやらないくせ
怠け者
何かや
何もしないなら よけいなこともするな
バカ!
働け
いいかげん

私がどんなにひどいことを言ったとしてもなんの反応もないんだろうな
怒ってくれればケンカができてそのあとなにかが変わるかもしれないのに……
ぐしゃぐしゃ
ビリビリ
書いたものをこまかく破いたら少し落ち着いた
この日 私はアキラさんに対してパートナーとしての信頼や期待をなくした
このささいな出来事が絶望のはじまりになった

滝口のぞみ先生の
カサンドラ状態――臨床の現場から
③アスペルガーと暮らすヒント

　アスペルガー症候群のパートナーと共に家庭を営むには問題が起こりがちかもしれませんが、仲良く暮らすこともももちろんできます。アスペルガーの男性は正直で真面目に仕事をし、決めたルールは守ります。不器用でも妻のことも大切に思っていて、妻をカサンドラの状態にまで追い込まない人も少なくないのです。

　お互いがアスペルガーの特性を理解し、これまでの誤解の理由を知り、共通の意味を見いだしていくことで仲良くやっていくことは可能です。但し、女性が求めるなにげない自然な愛情表現は最も苦手とするところでしょう。状況を読むこともコミュニケーションも苦手です。多くを求めないということも重要です。ですからここでは仲良く暮らすとまではいかなくても、少しでもストレスにならない方法を考えたいと思います。

　まずは、してほしいことをちゃんと伝えてみましょう。

　アスペルガーのパートナーは相手の気持ちがよく分かりません。ですから絶対に相手が喜ぶということはしても、結果がよく分からない試みや、反対に気分を悪くするような墓穴を掘る可能性のある経済性の低いことはしないのです。相手の表情から情緒を読み取ることは苦手ですし、既に結婚した相手にはそんな努力をする必要性も感じません。批判されることは最も嫌いです。

　私たちは自発的にしてくれたことに愛情を感じます。アスペルガーのパートナーにしてほしい事を伝えそれをされてもなにも嬉しくないかもしれません。伝えることに寂しさを感じることもあるでしょう。伝えようとしても日頃聞く耳もなく、コミュニケーションをする気もないように感じられているかもしれません。それでもアスペルガーのパートナーは何をしたらよいのか伝えなければわからないのです。

　たとえば誕生日に花が欲しいというと、スーパーのビニール袋に入った花をくれたりします。どこのお店の、どんな花束が欲しいというところまで伝えなければいけません。

　してほしいことは面と向かって伝えるのではなく、並んで座り、静かに伝えるか、なにげなくつぶやいてみましょう。どんなことがらも情緒的な面ではなく、処理のしやすい合理的で実際的な用件の形で伝えると効果があります。すこし時間の余裕を見た方がよいようです。反応は薄くても、てがかりの情報は貯蔵され処理されます。パートナーにも仲良くしたい、喜ばせたいという気持ちはちゃんとあるのです。「伝わる」という経験を期待せずに待ちましょう。それが次の行動に繋がれば、応用できる合理的な部分に焦点を当てて評価してください。嬉しい気持ちや大切に思う気持ちを、不自然でもわざわざ言葉にして伝えてみてください。

空虚な目 空虚な心

話し合いをすることはあきらめ
そのエネルギーを仕事に集中
あの空虚な目を見たくなくてアキラさんと目を合わせなくなった
私の気持ちは（言葉にしても）アキラさんにはわからない
アキラさんの気持ちは（言葉にしてくれなくて）私にはわからない
そういうものだと割り切るしかなかった

そしてある日
私は〝故障〟した
仕事中に突然
頭も体も
停止したのだ
情緒不安定になり
ボロボロ
意味もなく泣いたり
意味もなく
キレたり…
ああああああ
クッションを
押し当てて
叫ぶ
時間の感覚も
おかしくなった
あれ…？
なんで
もう夜？
人に会うことを
避けるようになった
視線がこわい

なにより〝死〟を強く意識するようになった
死にたい…
…というか 消滅したい
でも子供たちがいるから死ねない
でも生きていたくない
その意識に支配されてまともに眠れなくなっていた
そんな自分の心の状態を私はアキラさんに話さなかったし
アキラさんも私に何も言わなかった
ひとつ屋根の下にいても私たちはもう夫婦というよりただの同居人以下だった

しかし
そんな精神状態だったので
マンガがうまく描けなくて
連載1本
クビになる
ああ
困ったなあ
ますます
生活が苦しく
なるよ
もう
終わりだ
…
というわけで
私の仕事が
減りました
えっ
久々に
アキラさんと
話す
というか
報告
いまある仕事は
がんばるけど
それもいつ
なくなるか
わからないし
そういうことで
これからうちは
ますます貧乏に
なります

その4カ月後
あのー
仕事決まりました
えっ!?
知り合いから人手を探してるっていう編集プロダクションを紹介してもらって
今日その会社に行ったらもう明日から来てくれって
本当に!?
本当に崖っぷちだということが伝わったのか…
やっと!やっと!!!
アキラさんは2年半ぶりに働くことを決めた

編集者としての自信を取り戻したアキラさんと
人手不足らしくてこっちの希望がだいたい通りました
安堵
よかったねえおめでとうー
重荷が下りた私
アキラさんの目はもう空虚ではなく安心して見ることができた
午後出社でいいことになりました
長いトンネルをやっと抜けた気分だった
だからこう言われた時も
給料なんですけど…
とりあえず半分渡すのでいいでしょうか
……
うんそれでも助かる

本当はいろいろ
訊きたかった
あとの半分は
何に必要なの？
もしかしたら
また借金して
その返済に
必要なの？
でも
それを言ったら
きっとまた
あの空虚な目に
なるだろう
私は
あの暗い穴のような
目を見るのが怖くて
この重要な疑問に
フタをしてしまった
働いて
くれるなら
いいや…

滝口のぞみ先生の

カサンドラ状態――臨床の現場から

④アスペルガー夫と家を守る妻という図式

パートナーがアスペルガー症候群であると、必ずカサンドラ状態になるということはもちろんありません。多少の苦労はあってもカサンドラではないこともよくあります。ではカサンドラ状態に陥りやすいパターンはあるのか考えてみましょう。

　経済は大きな要因のひとつです。アスペルガーの夫は皆さんとても勤勉でよく働かれるので、高収入な方も多いのです。稼いでくる自分を非常に重要な人物だと主張しますが、妻が専業主婦であればなにもせずただ消費する存在として低く評価するかもしれません。家事や育児も「昔からみんなやっていること」ととらえ、日ごろの感謝どころか苦労を分かち合おうという共感もなく、妻からの子育ての相談や愚痴をむしろ自分への攻撃ととってしまうこともあります。このパートナーに全く理解されない孤独な状態がカサンドラといわれるものでしょう。

　しかしかつては、夫は外で黙って働き、妻は黙って家事、育児を担うという夫婦の役割分業は、どこの家でも当たり前のものでした。海外においても、特に米国ではそうだったのです。このような伝統的な関係では経済を担っている夫が決定権を持ち、妻が従うということはごく一般的だったのです。カサンドラの状態が周囲からあまり理解されないのは、この伝統的なパターンととても似ているからです。妻の実家がそのような価値観の場合、そのパターンに陥りやすいといえるかもしれません。

　しかし、アスペルガーの夫との結婚が伝統的役割分業に陥りやすいのには特性にも理由があります。収入は目に見える数字なので、アスペルガーの人たちは自分の価値を具体的に感じることができます。一方、家事や育児にはお金が掛かるばかりで、その価値を感じにくいのです。また、自分が外で仕事をしている間に妻が家事や育児をしている様子を想像することが苦手です。

　では、妻が専業主婦ではなく仕事を持っていたらどうでしょうか。フルタイムではないにせよ、パートタイムで働いている妻は多くいます。その場合、社会という彼らに分かりやすい世界を共有できるので、妻を尊重しやすくなるようです。しかし妻の働きを数字で評価し、「多くお金を持ってきている方が上」と主張したり、妻が働いた分給料を渡し渋ることもあります。

　どんな夫婦でも対等であるためには妻がフルタイムで働く方がよいことは多くの研究が示しています。伝統的夫婦観の女性は対等を少し意識する必要があるかもしれません。しかし、アスペルガーの夫の場合、大切なのは夫のお金に関する（極端な）こだわりは、具体的な数字にリアリティがあることや、目に見えない他者の労苦を想像するのが苦手な特徴が関係しているということです。つまり、わからないことが問題なので合理的な説明があり納得さえすれば、非常にリベラルなひともむしろ沢山いるのです。

　たとえば妻の家事や育児を労働対価として正当に評価できる社会になれば、アスペルガーの夫たちの認識も変わるのかもしれません。

旦那《アキラ》さんは
アスペルガー
奥《ツナ》さんは
カサンドラ

第3章 深まるカサンドラ

不安感が消えないツナをさらに絶望させる事実を告白する
アキラさん。これまでの理解不能な言動が
「アスペルガー」であることを知るが…。

つかの間の希望

アキラさんの新しい勤め先は仕事量が多いらしく帰宅後は毎晩のように愚痴を言った
もう大変なんです
そうか〜つらいねえ
私はそれをなだめたりはげましたりした
特に社長に対しては不満が多いようで
社長がズルイ
社長がヒドイ
半年以上経っても愚痴は増える一方で相手をするのもつらくなってきた
困ったねー
でもがんばるしかないよね
私が何を言っても変わらないのよね
こう毎日だとうんざり
ある日TVを見ていると
売れなくてくさってた時期があったんですよ
俳優さん
そしたら妻が言ったんです
そんなにつらいのなら辞めたら？
いいわよ

それを聞いて あっそうか 本当に嫌なら 辞めていいんだ じゃあそれまで 頑張ろうか…と 逆にやる気が 出たんです
あの時妻が ガンバレ ガンバレ って言ってたら つぶれてたと 思いますね
たしかに そうかも なあ
なるほど
今日は 励まし方を 変えてみるか
もう嫌です あの社長 今日も…
そんなに つらいのなら いっそ 辞める?
えっ
他の仕事する っていう道も あるし…
ただ編集は あなたの好きな 仕事なんだから もったいないと 思うけどね
まあ よく 考えて
うーん…

翌日
あの～…
会社辞めちゃいました…
なんで!?
まさか昨日のアレを鵜呑みにしちゃった!?
社長に文句を言われたので
ワタシ辞めた方がいいんですかね？
君がそう思うならそうじゃない？
じゃあ辞めます！
ごくろうさん

引きとめられると
思ったんですが
なんかそのまま…
どう
するの⁉
どう
しましょう
明日謝って
撤回してきて！
それは
できません
キリッ
どうやら本気で
アキラさんは
引きとめられると
思ってたらしく
辞めます
まあ
そう言うなよ
君がいないと
困るよ
自己評価
高すぎ…
イメージ
自分から
頭を下げることは
断じて
やりたくないのだ
でも
アテはあるので
大丈夫でしょう
他社の
営業さん
独立したら
うちの仕事を
請け負ってよ
そんな
不確定な話…
じゃあ早く
聞いてみてよ

せっかく就職したのにバカ!
まさか一年足らずで辞めるなんて…
私があんなこと言ったせい?
いや…逆だな
私が「辞めていい」って言うのを待ってたんだ
でもさ 普通辞めないでしょ?
私がなんとかしてくれると思ってるの?
私にもっと働けっていうの?
いい大人なのに考えが甘すぎだよ…!
2人の子供がいる父親なのに責任感はないの?

この時もしアキラさんのアスペルガーを知っていたら…
いっそ辞める？
想像力と責任感があれば『やめるわけにはいかない』と考えられるが…
こんなことは言葉通り受け取るから言ってはいけない
そうしよう
アキラさんが言ってほしいだろうほめ言葉を言い
ありがとう
あなたのおかげ
えらい すごい
だからぜったいに続けなさい
同時に「辞めてはならない」と厳しく言い続ける〝アメとムチ〟を使うべきだった
…とあとからいくら思っても手遅れなのだ
この時の私はアスペルガーの知識もなく
アキラさんのことを怠けたがりでうぬぼれ屋でやっかいなコドモオトナだと感じていた

転覆

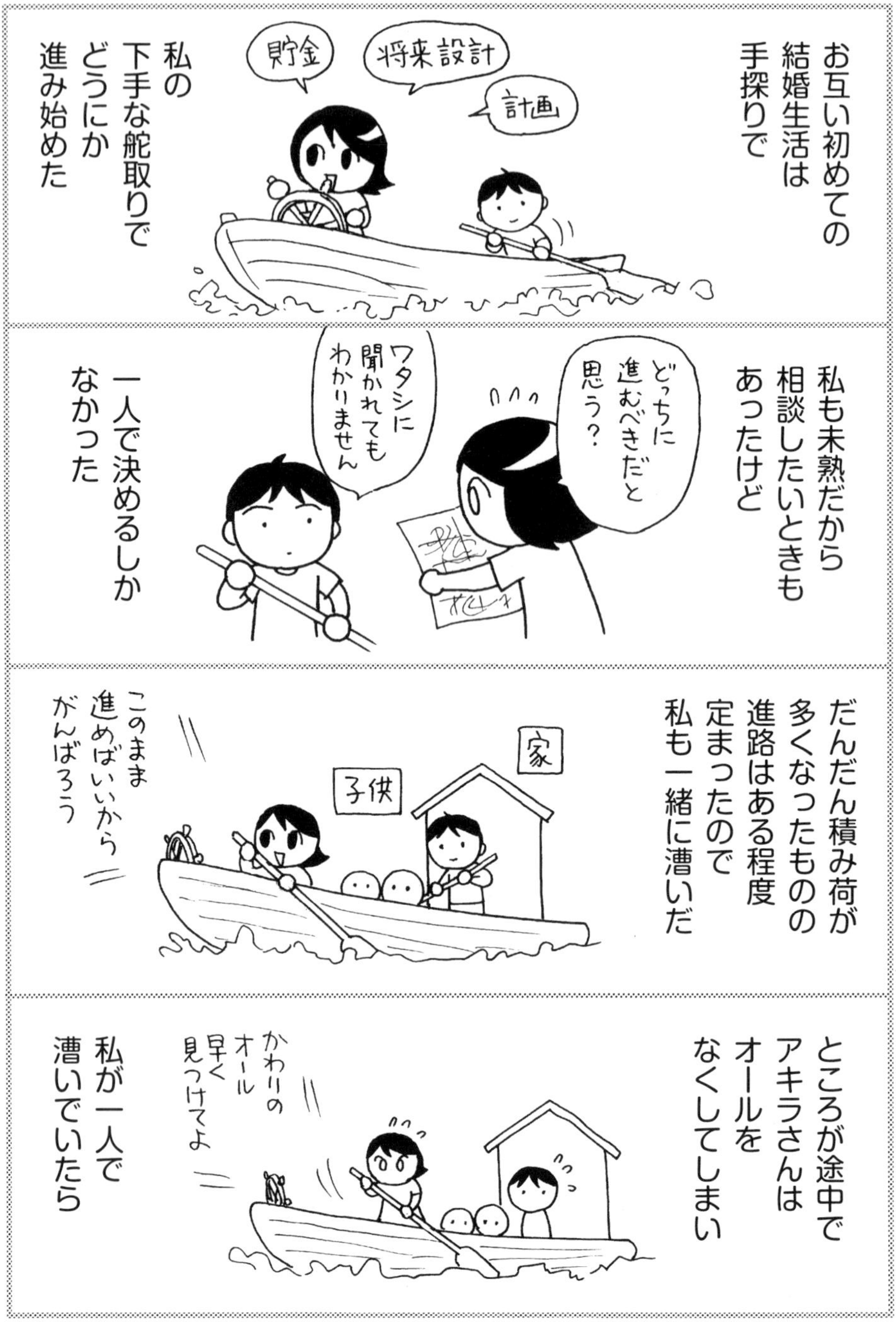

お互い初めての結婚生活は手探りで
将来設計
貯金
計画
私の下手な舵取りでどうにか進み始めた
私も未熟だから相談したいときもあったけど
どっちに進むべきだと思う？
ワタシに聞かれてもわかりません
一人で決めるしかなかった
だんだん積み荷が多くなったものの進路はある程度定まったので私も一緒に漕いだ
家
子供
このまま進めばいいからがんばろう
ところがアキラさんはオールをなくしてしまい
かわりのオール早く見つけてよ
私が一人で漕いでいたら

あれ？
ワタシが
漕がなくても
よさそうだな
アキラさんは
そんなふうに
勘違いしたの
かもしれない
実はもう
限界
そのうち
嵐が来て
沈みそうになり
推進力が
足りなくて
コントロールが
効かなくなって…
私一人じゃ
どうにもならない
なんでもいいから
あなたも漕いで！
怒られた
フリーズ
固まってる
場合じゃ
ないよ！
状況
見て！
そう
こんな
感じ…
私は
ふたたび
絶望していた

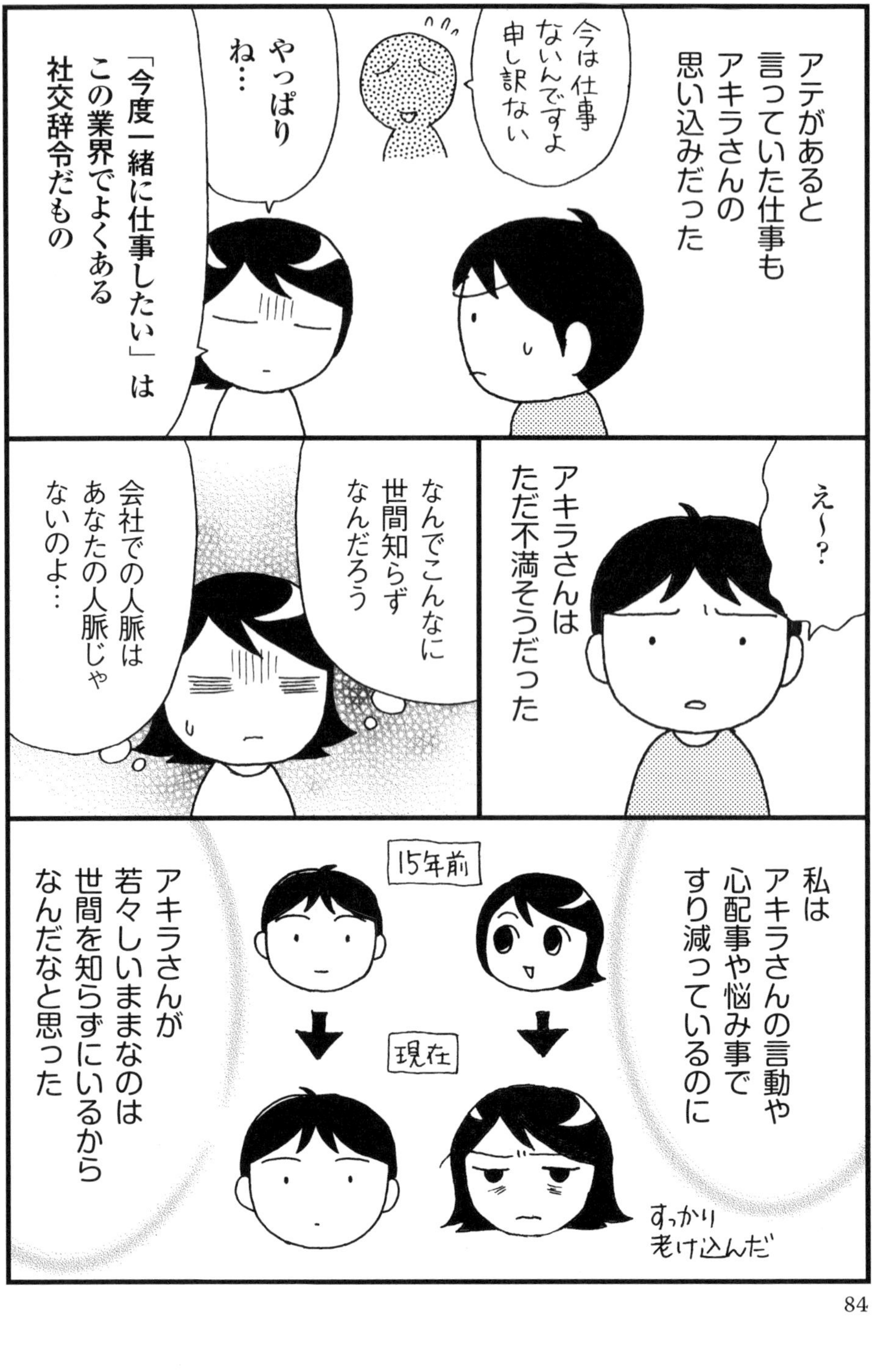
アテがあると言っていた仕事もアキラさんの思い込みだった
今は仕事ないんですよ 申し訳ない
やっぱりね…
「今度一緒に仕事したい」はこの業界でよくある社交辞令だもの
え～？
アキラさんはただ不満そうだった
なんでこんなに世間知らずなんだろう
会社での人脈はあなたの人脈じゃないのよ…
私はアキラさんの言動や心配事や悩み事ですり減っているのに
15年前
現在
すっかり老け込んだ
アキラさんが若々しいままなのは世間を知らずにいるからなんだなと思った

そして
退職から1カ月半
アキラさんから
借金があることを
打ち明けられた
終わった…
ドーーッ
沈みそうになって
あがいているところを
自分から
船底に大穴をあけて
とどめを刺した
アキラさんが
やったのは
そういうことだ

ここまでボロボロに
なっていなければ
修復もできたかも
しれないけど
私は消耗しきっていて
その力が残ってなかったし
なにより
“協力し合う”ことが
できないのだから
もう無理だった
いくら私が
がんばっても
アキラさんは
見てるだけ
現に
アキラさんの口から
出てくるのは
状況説明だけで
毎月
足りない分を
借りてて
それを返済
するために
また借りて
そうしたら
毎月の返済が
15万くらいに
なって
今後の計画も
詫びる言葉も
なかった
…いや
それよりも
衝撃的だったのは
アキラさんの
“意味不明さ”が
いっそう
強まっていた
ことだった

給料の半分をアナタに渡すから毎月の返済をしたら足りなくなって…
あなたがそう決めたのに…？
仕事を辞めたら給料が入らなくなって毎月の返済ができなくなって…
払えなくなるってわかってて仕事辞めたの？
親に相談したらダメだと言われて…
私より先にお母さんに相談したの？
先週実家に行ったときに明日の土曜日家族会議をするからアナタも呼ぶように言われました
ムリなら断っておきますが
大事な話だから行くわよ！
当然でしょ
明日って…先週言われたのになぜ直前になって言うの？

実はだいぶ前から呼ぶように言われてたんですが
アナタはいつも忙しそうだったからそう言ってずっと断ってたんです
は!?
ちゃんと私に伝えてよ!
なんなの!?
わけがわからない!
アキラさんの語る〝なぜそう思ったのか〟〝なぜそうしたのか〟ということが何ひとつ理解できなくて
私はアキラさんそのものに疑問を持ったのだった

滝口のぞみ先生の
カサンドラ状態——臨床の現場から

⑤診断が理解のきっかけになる

アスペルガー症候群のパートナーの「共感性の欠如」により精神と身体にダメージを受ける二次障害がカサンドラ状態とされています。成人のアスペルガーの診断は「児童発達障害外来」「発達障害外来」などで受けることができます。「精神科」であれば、児童期からの発達の問題に詳しいところがよいでしょう。

妻の気づきから受診を促す場合は、かえってそれがご夫婦の問題になったり、夫が仕事の意欲をなくすこともあります。受診した医療機関が大人の発達の問題に詳しくない場合など、診断に至らないことがあります。また、発達の問題は、特性の有無とそれがどの程度生活を困難にしているかによって総合的に診断されます。特に以前は社会と家庭の両方で障害がある場合にのみ診断としていましたから、社会的に適応していれば、妻からは特性が認められるのに、診断に至らない場合が少なくないのです。これまでパートナーが発達障害を否定的なものと捉えていて、結局診断がつかない時には受診を促したこと自体を被害的に受けとることもあるのです。

しかし、パートナーが診断を拒否したり、診断結果が出なかったとしてもご自身がパートナーの特性で悩まれているなら、是非ご相談してみてください。その時には、発達障害についてよくご存じの専門機関であることはとても重要なことです。妻からの情報で、パートナーにアスペルガーの傾向があると認められ、それが妻の精神的身体的ダメージに繋がっているとしたら、それはカサンドラの状態であると考えられます。

パートナーが直接診察を受けてアスペルガーであると診断されても、服薬やカウンセリングを行っていかなければ、パートナーの態度や行動の変化には直ぐにはつながらないと考えた方がよいでしょう。パートナー本人がなにか生き辛さ、困り感があって、対人関係を学習することができたとしたら、一緒に努力するチャンスかもしれません。ただ一方的に決めつけると落ち込んだり、引きこもったり、仕事が続けられなくなることも多いのです。あるいは診断を理由に全面的に情緒的な配慮を放棄することさえあります。

しかしパートナーがアスペルガーであると診断されることは、一番身近で親密であるべき存在が情緒的なかかわりや、相手の気持ちの理解が苦手で、コミュニケーションが苦手なのだということを明確にしてくれます。診断はこれまで「男はみんなそうよ」とまるで我が儘であるかのように言われていた状況の特殊さを明確にしてくれます。周囲にこの特別な苦悩を理解されるための一歩を踏み出すきっかけになります。アスペルガーのパートナーからみても、これまで理解されなかった行動の意味をパートナーに分かってもらうきっかけになるはずです。そしてお互いが、これまで自分達にはあって、相手にないとは思えなかったこと、自分にないために相手にあっても見えなかった部分を見つけていくきっかけになるでしょう。

あの日あの時●嘘はついてない

アキラさんの実家での家族会議
アキラさんは借金の理由や仕事の状況を話していなかったため夫婦で借金したと思われていた
えっ ちがうの⁉
こんなにがんばってたのにだらしない妻だと思われてたなんて
実家の方々
アキラさんは嘘をついていたわけではない
……
本当のことをなにも言わなかっただけなのだ
借入先は7社ほどあってその中には結婚前からのものが1件あった
えっ ここの借り入れ歴20年も前から⁉
なんで⁉
信販系カード

14年前に
最初の借金が発覚した際
カードは全部取り上げた
はずだったのに…
かくしてたの!?
P30参照
ですから
・・・・・・・・・
サラ金のカードは
あのとき全部
出しました
サラ金の
カードと明細
全部出して！
はい
『信販系のカードは
言われなかったから
出さなかった』
そういえば
そうだけど…
私の言い方が
悪かったのか？
だって
サラ金って
言われたから
アキラさんは
多分 本気で
そう受け止めていて
自分は正直だと
思っている

アスペルガーとわかったけれど

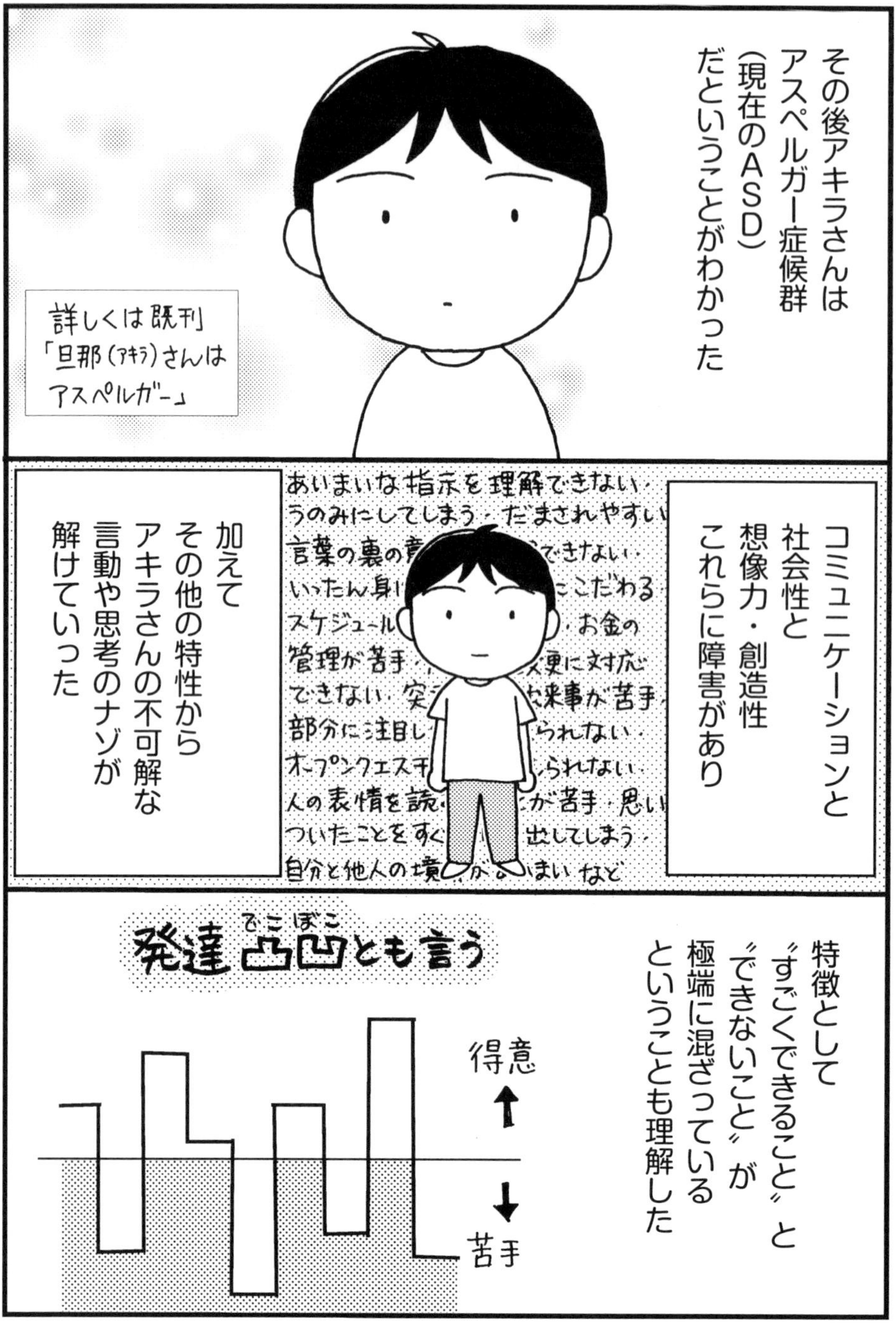
その後アキラさんは
アスペルガー症候群
(現在のASD)
だということがわかった
詳しくは既刊
「旦那(アキラ)さんは
アスペルガー」
コミュニケーションと
社会性と
想像力・創造性
これらに障害があり
あいまいな指示を理解できない・
うのみにしてしまう・だまされやすい
言葉の裏の
できない・
いったん身
にこだわる
スケジュール
・お金の
管理が苦手・
更に対応
できない・突
出来事が苦手・
部分に注目し
られない・
オープンクエスチ
られない・
人の表情を読
が苦手・思い
ついたことをすぐ
出してしまう・
自分と他人の境
あいまい など
加えて
その他の特性から
アキラさんの不可解な
言動や思考のナゾが
解けていった
特徴として
〝すごくできること〟と
〝できないこと〟が
極端に混ざっている
ということも理解した
発達凸凹《でこぼこ》とも言う
得意
苦手

私は安心した
ちゃんと理由があったのか…！
フリーズする
そう考えるとあれもこれも納得できる…
相手の気持ちを想像できない
失言が多い
未来のことを考えられない
一方的なコミュニケーション
性格が悪いとかワザとやってるとかじゃないんだ！
しかし同時に絶望もあった
脳機能の問題で生まれつきだから治ることはない
不得意なことは本人と周囲の努力によって改善していくしかない…
私も努力するからアキラさんにも協力してほしいと思っても
ワタシは別に困ってませんから
二次障害や〝困り感〟のないアキラさんには変わる気はなかった

私はアキラさんへの接し方を変えた
否定してはいけない
感情的に話してはいけない
言葉ではっきり伝える
頼み事をする際には具体的に手順を言う
新聞入れの中の新聞をこのヒモできつくしばって
廊下に置いておいて
注意するのは少し難しい
またゴミを分別してない
カンとプラゴミと紙ゴミがいっしょ
表情と声色に気をつけて
缶はこっち プラはこっち 分けないと収集してもらえません
あっ
また息子をいじめてる!
とっさの時にはもっと大変で…
言いたいことをいったん飲みこんで言葉を選ぶ
本人はきっといじめてると思ってないから「そういうことしないで」じゃわからないか…
なんて言えばいいんだ?

しかしこれを日常的にやっているとストレスが溜まってくることがわかった…
声のトーンや表情を一定にして感情を出さないように
指導員かロボットになったような気がする
不思議なことに私がアキラさんの真似をしてるような感じになる
そしてアキラさんがアスペルガーだとわかった後も私の心身の状態が良くなることはなかった
抑うつ状態
“理解しあえない”ことや“気持ちをわかりあえない”ことには変わりがないからだ
むしろあきらめることが増えてかえってつらくなった
そういう特性だからしかたないんだ
怒っても文句を言ってもこじれるだけで伝わらないんだからガマンしなきゃ

大人の発達障害についての本には当事者以外のことは書いてなかった
サポートしてあげましょう
理解することが大切
寄り添ってあげましょう
私がやらなきゃいけないことばかり…
じゃあ誰が私を理解してくれるの？
誰が私の気持ちに寄り添ってくれるの？
アキラさんが悪いわけではないからつらい気持ちは誰にも言えない…
私の孤独感は深まるばかりだった

第4章 カサンドラからの脱出

問題を起こし、気持ちが通じあわないアキラさんは
家族と別居することに。一方でツナは子供たちとの穏やかな
生活でカサンドラ状態を振り返っていた。

別々の暮らし

1年後
もうこれ以上家のローンが払えそうにない
家を売却するしかないかなと思う
はい
重大なことだから二人で悩んで結論を出したかった
すみません
でもやはり私が決める形になった
家を手放したら別々に住むことになるけど
あなたはそれでいいの？
まあ仕方ないですよね

家や家庭にこだわって守ろうとしてたのは私だけなんだ
アキラさんは家ももしかしたら家庭も無理してまで守りたくないのかも
しかし少しホッとしている自分もいた
悩む私
家族がバラバラになってしまう
子供の気持ち…
希望を持つ私
アキラさんのことで悩まなくてよくなる
私が無理してがんばれば一緒に暮らす道がみつかるかもしれないけど
もういいや…
疲れちゃった
流れにまかせよう

家を手放すせつなさ
子供たちの心のケア
売却の手続きの忙しさ
持ち物の整理と処分
そういった
大変な事を
アキラさんとは
何一つ共有できない
ままだったが…
家族が一緒に暮らす
最後の日々に
なるかもしれない
もうこれ以上
怒ったり
悲しんだりして
心を乱すのは
やめよう
しかし人は
そう簡単には
出来ていないようで
マイナスの感情を
なくそうとすると
プラスの感情も
巻きぞえになった
うれしい
楽しい
喜び
怒り
悲しみ
感動

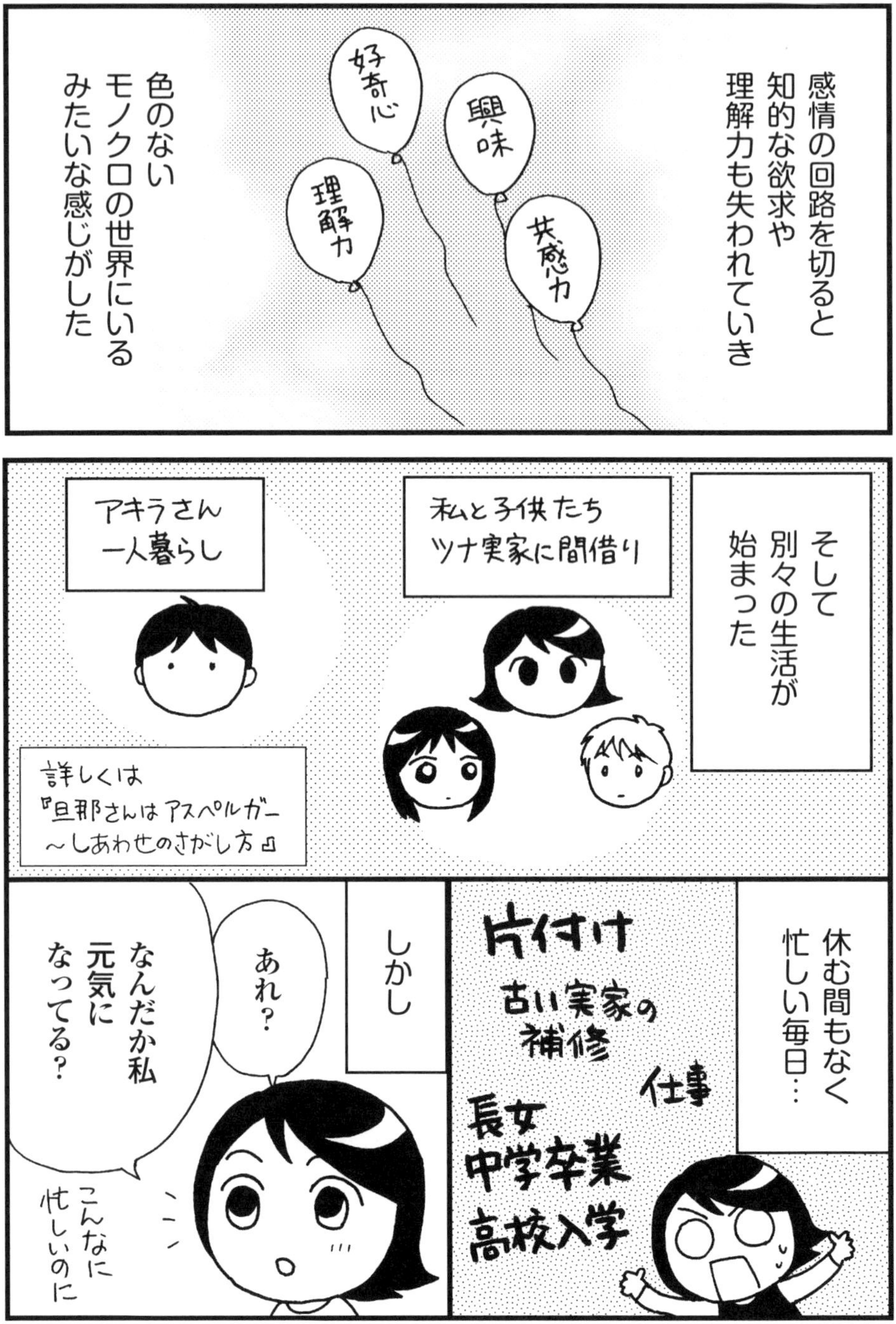
感情の回路を切ると
知的な欲求や
理解力も失われていき
興味
好奇心
共感力
理解力
色のない
モノクロの世界にいる
みたいな感じがした
そして
別々の生活が
始まった
私と子供たち
ツナ実家に間借り
アキラさん
一人暮らし
詳しくは
『旦那さんはアスペルガー
～しあわせのさがし方』
休む間もなく
忙しい毎日…
片付け
古い実家の
補修
仕事
長女
中学卒業
高校入学
しかし
あれ？
なんだか私
元気に
なってる？
こんなに
忙しいのに

そういえば悪夢をみないし薬がなくてもよく眠れる
イライラもしないし
体調もいい
以前は感情を抑えて常にアキラさんの行動を意識して…気持ちが休まる時がなかった
今は安心して自分らしくリラックスできる
だから心も身体も健康になったんだ
ああ…
私は本当にアキラさんとの生活に疲れてたんだなぁ
そんな自分は冷たい人間なのかも…と思った

カサンドラとの出会い

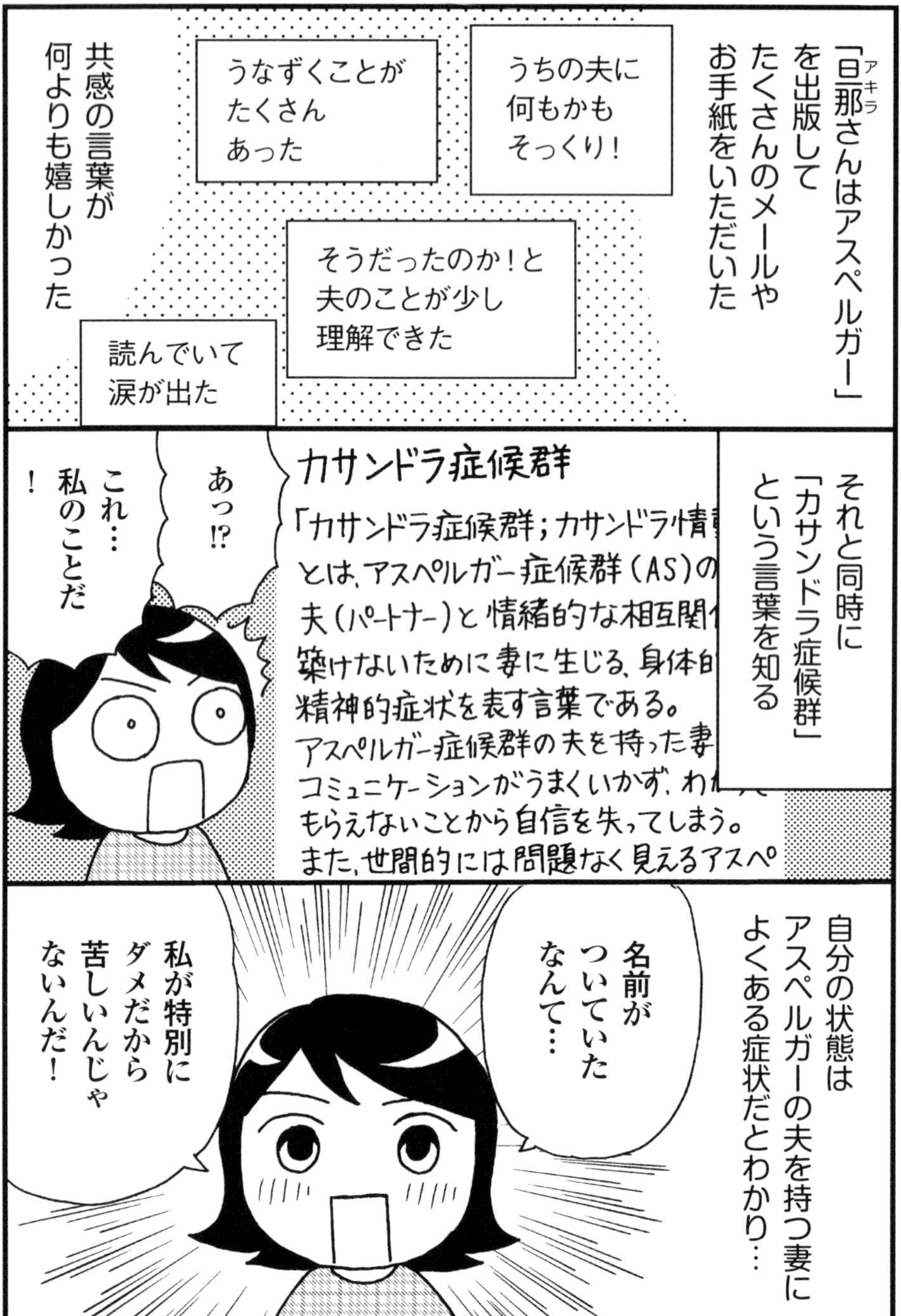
「旦那《アキラ》さんはアスペルガー」を出版してたくさんのメールやお手紙をいただいた
うちの夫に何もかもそっくり！
うなずくことがたくさんあった
そうだったのか！と夫のことが少し理解できた
読んでいて涙が出た
共感の言葉が何よりも嬉しかった
それと同時に「カサンドラ症候群」という言葉を知る
カサンドラ症候群
「カサンドラ症候群；カサンドラ情
とは、アスペルガー症候群（AS）の
夫（パートナー）と情緒的な相互関
築けないために妻に生じる、身体的
精神的症状を表す言葉である。
アスペルガー症候群の夫を持った妻
コミュニケーションがうまくいかず、わ
もらえないことから自信を失ってしまう。
また、世間的には問題なく見えるアスペ
あっ!?
これ…私のことだ！
自分の状態はアスペルガーの夫を持つ妻によくある症状だとわかり…
名前がついていたなんて…
私が特別にダメだから苦しいんじゃないんだ！

不思議なもので
それだけでずいぶん
ラクになった
原因不明だと
思ってた
あれもこれも
ちゃんと
裏付けが
あったのね
アキラさんが
アスペルガーだと
わかった時と同じく
「解明した」からだ
「カサンドラ」で
ネットを検索すると
自助グループやブログが
見つかった
自助グループ…
参加してみたいな…
同じ立場の人と
話をしてみたい…
自助グループは
当事者会なので
カウンセリングや
アドバイスなどは
おこなわれない
ただ集まって
順番に自分の話を
するだけで
結論を出すこともない

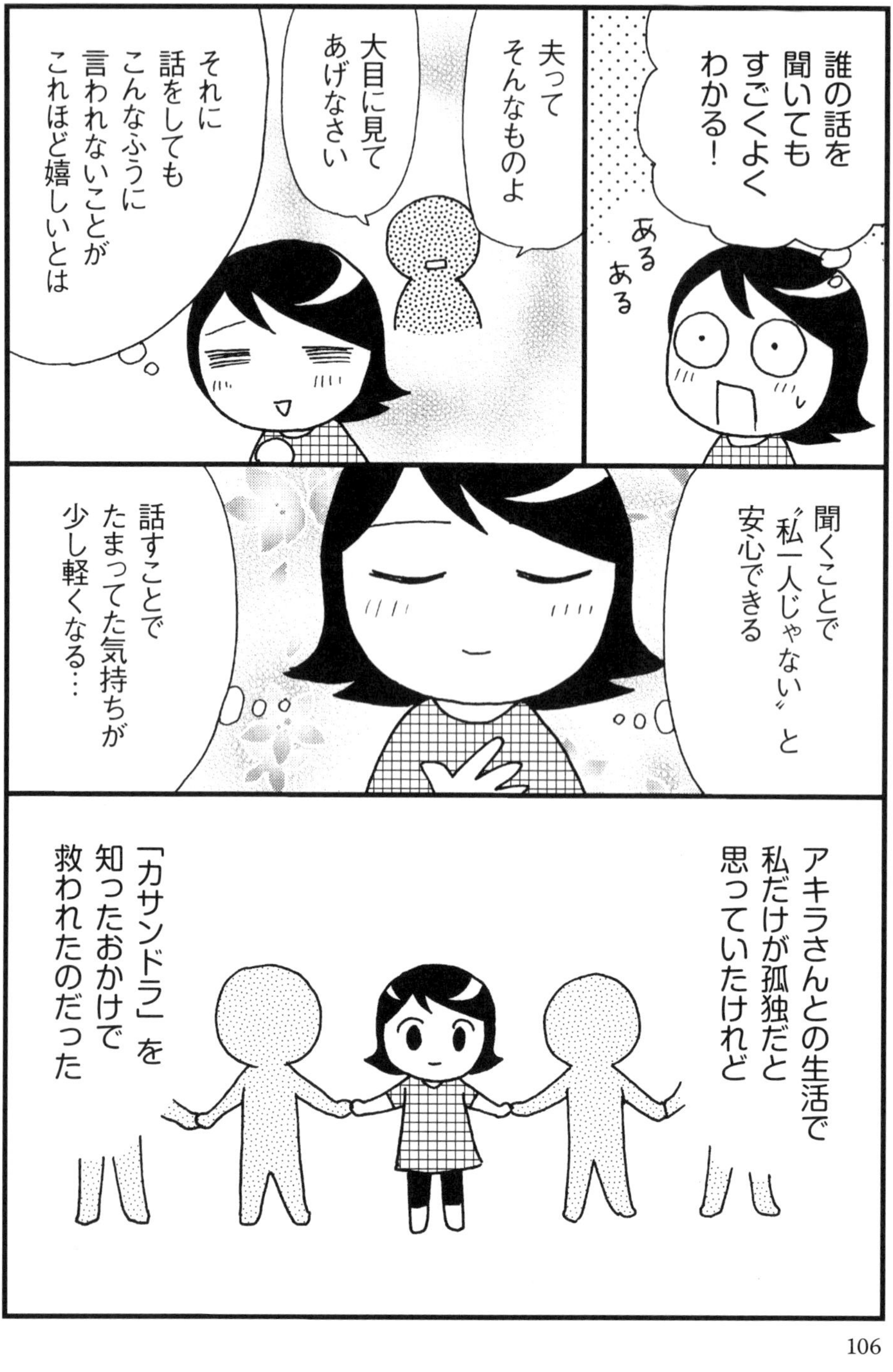

誰の話を聞いてもすごくよくわかる!
あるあるある
夫ってそんなものよ
大目に見てあげなさい
それに話をしてもこんなふうに言われないことがこれほど嬉しいとは
聞くことで〝私一人じゃない〟と安心できる
話すことでたまってた気持ちが少し軽くなる…
アキラさんとの生活で私だけが孤独だと思っていたけれど
「カサンドラ」を知ったおかげで救われたのだった

Dr. 宮尾の
アスペルガー症候群最新事情
②カサンドラ状態とは

アスペルガー症候群のパートナーを持ち「私はカサンドラです」と言葉にする方が増えています。この本の作者、野波ツナさんもそのおひとりです。

ではカサンドラという状態の定義とはどのようなものなのでしょうか。

カサンドラはギリシャ神話に登場する太陽神アポロンの妻です。彼女には予言の能力がありましたが、誰にもその予言を信じてもらえない呪いをアポロンにかけられてしまいます。「言うことを信じてもらえない」というカサンドラの状態が、対外的には問題があるように見えないパートナーの不満を言う妻のようだと、その名がつけられました。これはアスペルガーが夫の立場に限らず、男女どちらでもカサンドラと呼ばれます。

アスペルガー症候群の社会的な認知が進むと共に、そのパートナーを持つ人の二次障害として認識されるようになり、いま、深刻な社会問題となっているのです。

実際にアスペルガー症候群の人は社会的には成功している優秀な人が多い半面、ともに暮らしてみないとわからない問題を抱えています。

・独自の生活ルールを持つ
・他人の気持ちがわからない
・情緒的な会話がない
・話し合いができない
・冗談や例え話が通じない
・場に相応しい受け答えが苦手

これらの特徴は共に家庭を営む上で、徐々にパートナーとの関係に大きな歪みとなり、心理的なダメージを伴う場合があります。

中でもアスペルガー症候群のひとつの特徴である「共感性の欠如」は、パートナーの精神と身体にダメージを及ぼし、時には深刻な状態に陥ることがあります。その結果、

・怒り、不安の感情
・抑うつ状態
・自己評価の極端な低下
・不眠症
・偏頭痛

などを引き起こしてしまいます。

これらの症状を、2003年、イギリスの心理学者マクシーン・アストンが「カサンドラ情動剥奪障害」と名づけたのです。

「カサンドラ情動剥奪障害」、あるいは「カサンドラ症候群」とも呼ばれていますが、正確にはこの項目はアメリカ精神医学会の診断基準に含まれておらず、正式病名というのはありません。

ただ、これらの症状はアスペルガー症候群のパートナーを持ったことにより起こるので、関係性による「障害」であり、病名がつかないため「状態」や「現象」と呼ぶのが現在のところはいいと思います。

いずれにしても、「カサンドラ」は現代社会ならではの、他者との関係性による症状といえるのです。

もつれた毛糸玉

アスペルガーのことを学び
アキラさんを
理解しようとする
セミナーや
講演会
同じカサンドラの人たちと
現実やネット上で会話して
気持ちを分かち合う
そういったことは
ある意味
とても
効き目があった
これらを
解消
イライラ
徒労感
認めてほしい
気持ち
スッキリ
でも
それだけでは
解決できないものが
心の奥底にずっとあった
捨てきれない
期待
後悔
罪悪感
ぐしゃぐしゃに絡んだ
毛糸玉のような
カタマリ…

元気になったと思っていてもふとした時にそのカタマリが浮かんでくるのだ
私はアキラさんから逃げた
子供から父親を離した
なのに今幸せを感じてていいいんだろうか
そんな〝罪悪感〟が私をカサンドラにとどまらせていた
そして自問自答が始まる
また一緒に暮らす？
私がそう言えばアキラさんはきっと従うよ
そしたらまたカサンドラに逆戻りだよ
アキラさんが変わってくれれば別だけど…

どこで間違えたんだろう？
アスペルガーを知らなかったからだよ それはしかたない
だとしたらアキラさんのせいでもないよね…
私たちは結婚しなければよかったんじゃないかな？
そうかもしれない でもそうしたら子供たちが存在しない人生だよ
私がアキラさんをもっと管理できていれば借金も退職もなかったかもしれない
管理を拒否したのは彼自身 そもそも大人一人を完全に管理するなんて不可能なのよ

借金は大きな問題だけど それだけじゃないでしょ?
気持ちが通じ合えないこと
話し合いができないこと
責任を共有できないこと
たくさんあるよ?
……
自分を責める私
「しかたないよ」と言う私
自問自答は答えが出ないまま何度も繰り返して
毛糸玉はどんどん固くもつれていくようだった

本当の回復へ

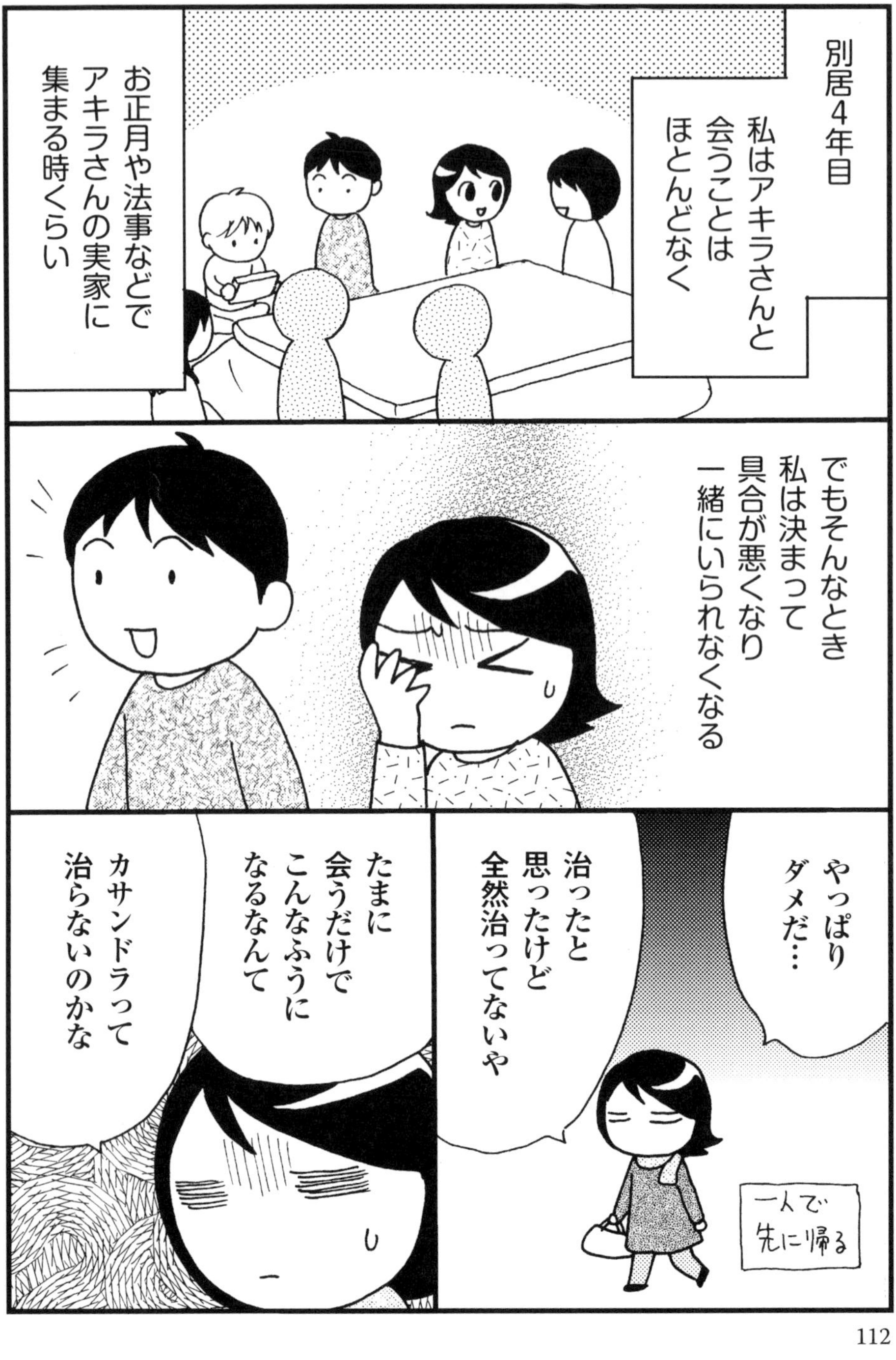

別居4年目
私はアキラさんと会うことはほとんどなく
お正月や法事などでアキラさんの実家に集まる時くらい
でもそんなとき私は決まって具合が悪くなり一緒にいられなくなる
やっぱりダメだ…
治ったと思ったけど全然治ってないや
一人で先に帰る
たまに会うだけでこんなふうになるなんて
カサンドラって治らないのかな

あの毛糸玉がまた固くなって胸の奥でモヤモヤし始めた
無理をするとダメってことなのかもな
ある日インタビューを受けた
テーマは「アスペルガーの夫との結婚生活」
本に描いてきたことだったし
相手の方もカサンドラの経験者だったので話しやすかった
ホントよくわかります
最後に
旦那さんのどういうところを好きになって結婚に至ったのか…
さしつかえなければ思い出せることをお聞きしたいのですが

こういう質問は以前にも何度かされたことがあって
いったいなぜ結婚しようと思ったんですか
こんなふうに答えてきた
優しい人だと思ったから…
でもそれは私に合わせてただけなんですね
それはこういう自嘲の意味があった
見る目がなかった
アスペルガーの特性だったのを私が勝手に勘違いしただけだったんだ
でもこの日は少し違っていた
うーん
どうだったかなあ…
ムリなさらず
共感してくれる人と長い時間話していたからなのか
私自身が今そのことについて引っかかっていたせいなのか…
あ

20年前のいくつかの場面やそのときの感情を思い出せたのだ
地下鉄
なんで冬なのに靴下履いてないの？
母親が入院中で洗濯してなくて
駅おりたら買ってあげようか？
……
…えーと…それは冬に靴下を履いてない人といるのは恥ずかしいからですか？それとも寒そうだからですか？
えっ？
恥ずかしいのもちょっとあるけど
寒そうだから…
じゃあ大丈夫です
ヘンなこと聞くなあと思ったっけ
でも別に嫌な感じはなかった

夜中じゅう本やマンガの話をしたことや
デビルマン
ガラスの仮面
愛と誠
童夢
カリフォルニア物語
美味しい肴で美味しいお酒を飲んでるとずーっと味わっていたくなるよね♪
…と半分酔って言う私に
ワタシはそんなアナタをずっと見ていたいです
…と言ったアキラさんの顔
そのときの私の感情
やっ…やだー
マジメな顔でよくそんな恥ずかしいこと言うね!

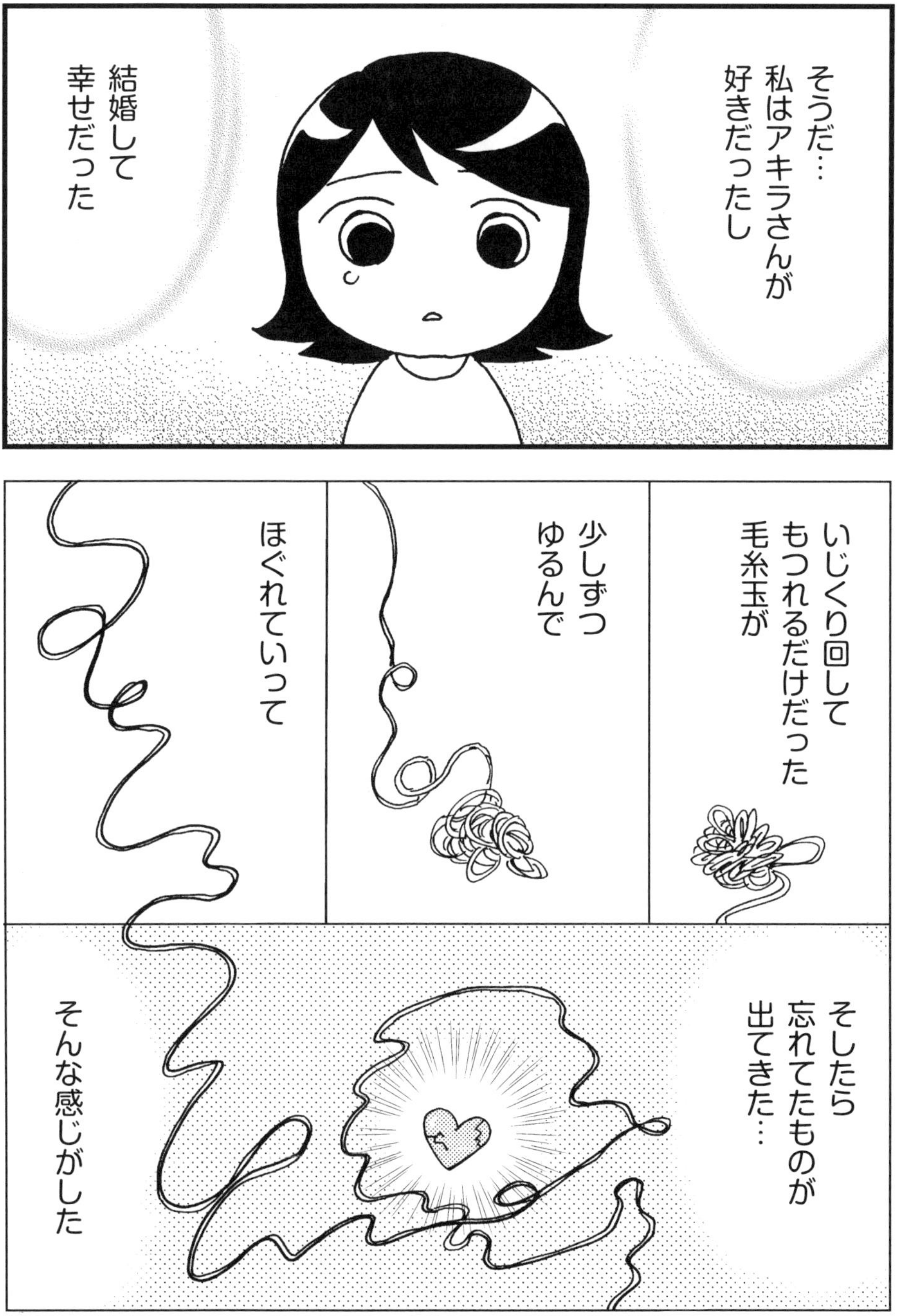
そうだ…
私はアキラさんが
好きだったし
結婚して
幸せだった
いじくり回して
もつれるだけだった
毛糸玉が
少しずつ
ゆるんで
ほぐれていって
そしたら
忘れてたものが
出てきた…
そんな感じがした

苦しかった間
無意識のうちに
否定してたのかも
しれないいな
もう
ボロボロ
だけど
はじまりの
キッカケになった
この感情を…
アキラさんと離れて
ストレスがなくなって
いろんな人と
共感し合って
同じ立場の人が
聞いてくれたから
思い出せたのかも…
後日
用があって
アキラさんと
二人で話した
居酒屋にて
これまでと違って
この日は
具合が悪くなったり
しなかった
フツーに
話せる

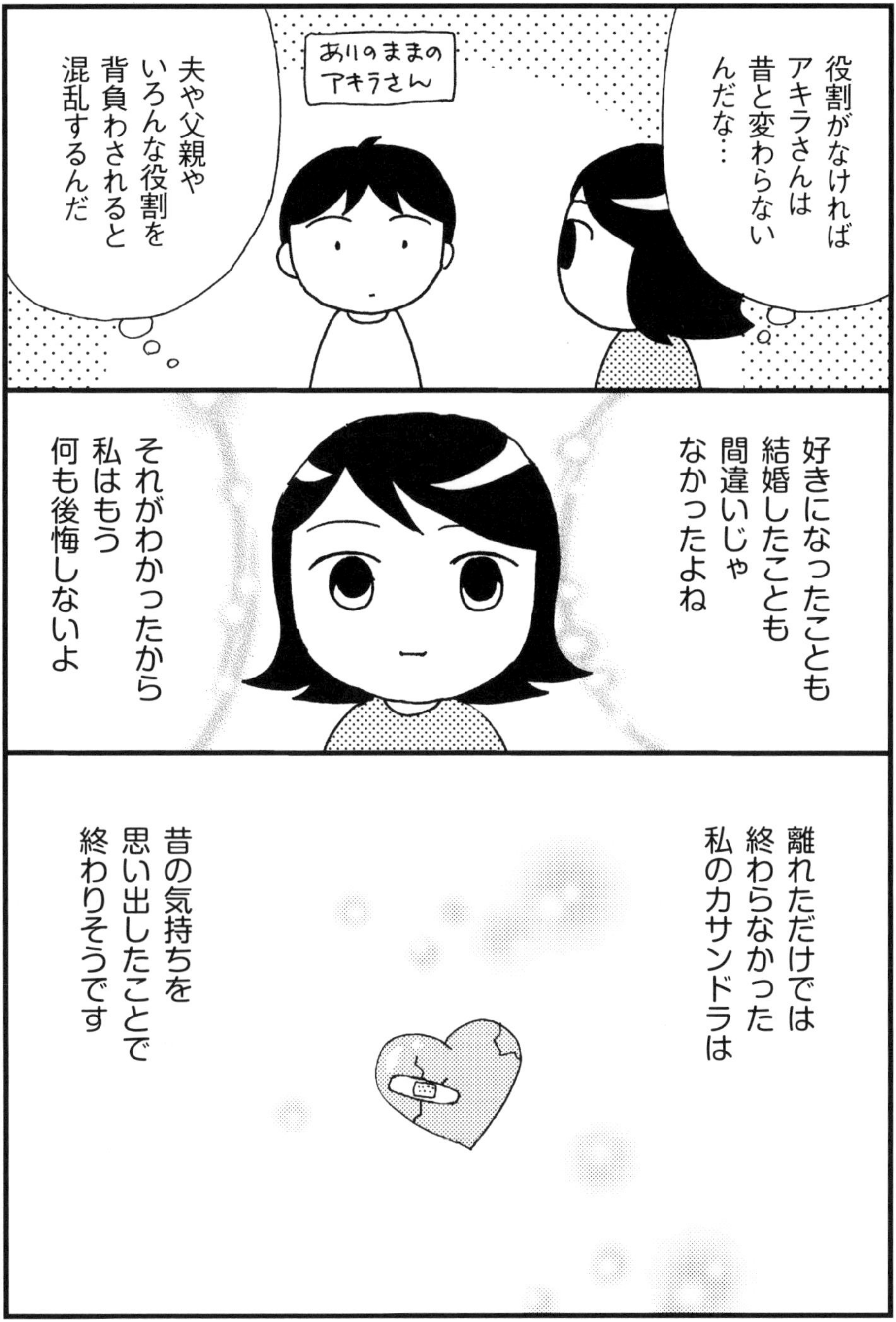
役割がなければ
アキラさんは
昔と変わらない
んだな…
ありのままの
アキラさん
夫や父親や
いろんな役割を
背負わされると
混乱するんだ
好きになったことも
結婚したことも
間違いじゃ
なかったよね
それがわかったから
私はもう
何も後悔しないよ
離れただけでは
終わらなかった
私のカサンドラは
昔の気持ちを
思い出したことで
終わりそうです

ツナのカサンドラ年表

結婚から	出来事	カサンドラ度
スタート	アキラさんと結婚	
2年目	長女出産 アキラさんの最初の借金が発覚	
6年目	長男出産 ツナが主に家庭をまとめる アキラさんが主に収入を得る	
8年目	家を買う ツナが仕事に復帰	
10年目	ツナ甲状腺ホルモン亢進症を発症	
12年目	アキラさんの仕事が激減	
13年目	アキラさん主夫になる	
14年目	ツナ心身の不調を自覚する	
16年目	アキラさん再就職、そして離職 借金があることを告白	
17年目	アキラさんのアスペルガー症候群発覚	
18年目	家を売却 ツナは子供たちと暮らし アキラさんは一人暮らしを始める	
19年目	「カサンドラ」を知る	
現在	心身の状態に回復がみられる	

第5章
カサンドラな妻たちの想い

作者のツナはどのようにカサンドラ状態を脱してきたのか。
そして同じ悩みを持つ多くの妻たちの声を
アンケートで集めてみました。

私のカサンドラからの回復10段階

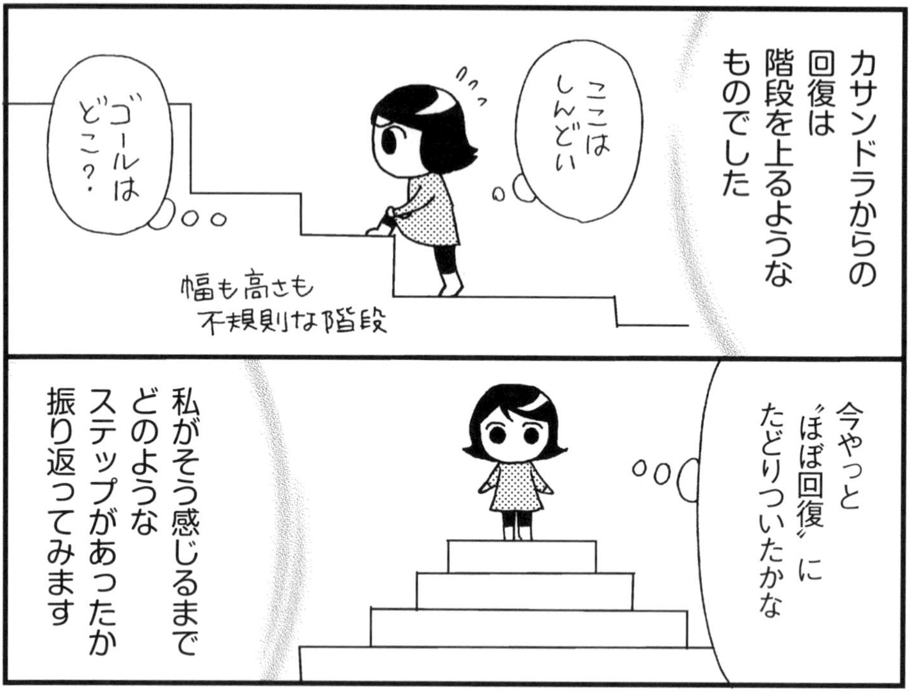
カサンドラからの回復は階段を上るようなものでした
ここはしんどい
ゴールはどこ？
幅も高さも不規則な階段
今やっと〝ほぼ回復〟にたどりついたかな
私がそう感じるまでどのようなステップがあったか振り返ってみます

STEP1　気づき

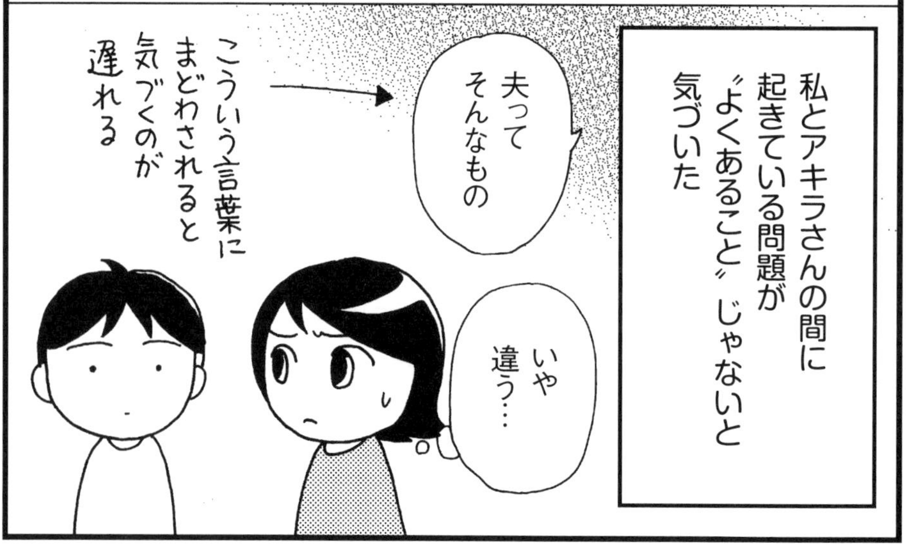
私とアキラさんの間に起きている問題が〝よくあること〟じゃないと気づいた
夫ってそんなもの
こういう言葉にまどわされると気づくのが遅れる
いや違う…

STEP2　アキラさんのアスペルガーの特性を知る

アキラさんが
“できないこと”には
アスペルガーゆえの
理由があるので
対応策を調べて
実行してみた
可視化
具体的な
言葉
順序立てて
指示
ほめる
大人の
発達障害
注意
アスペルガーの特性は
たくさんあり
人によって現れ方が
違います！

STEP3　人とつながる

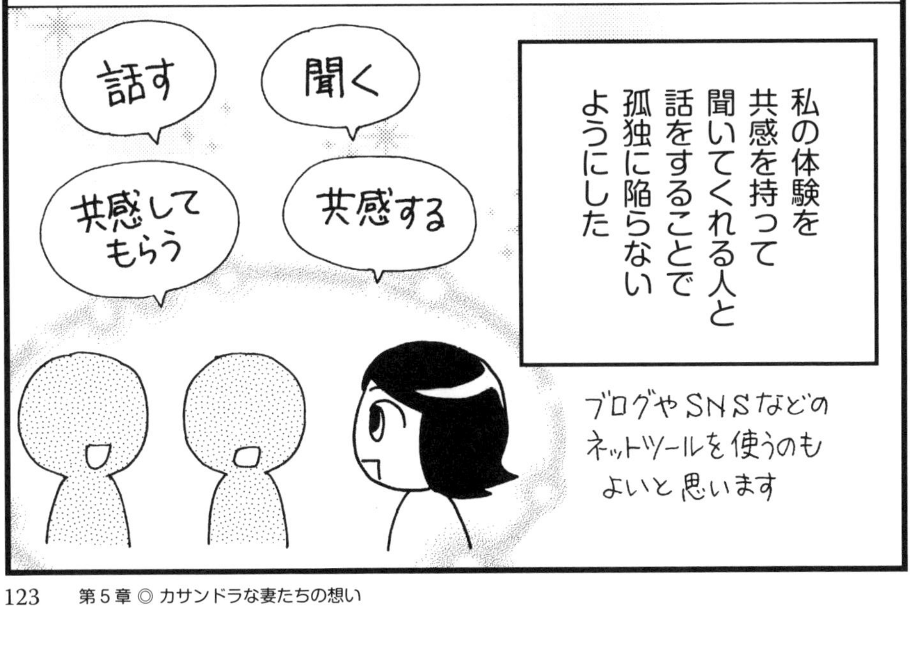
私の体験を
共感を持って
聞いてくれる人と
話をすることで
孤独に陥らない
ようにした
話す
聞く
共感して
もらう
共感する
ブログやSNSなどの
ネットツールを使うのも
よいと思います

STEP4　自分を取り戻す

私の心身の異状を
自覚して
体調を戻すために
必要なことをした
偏頭痛
抑うつ状態
ストレスで持病悪化
とりあえず行きつけの病院に相談
自分の感情を取り戻すことが必要だった

STEP5　アキラさんのアスペルガーを受容する

アキラさんに私の気持ちを
理解してもらえないのと同時に
私もまたアキラさんの気持ちを
理解していないことを
認識した
人の気持ちなんて言われなきゃわからない
なのに責められる
言われてもピンと来ない
どうしたらいいんだ

STEP6 自分の心を知る

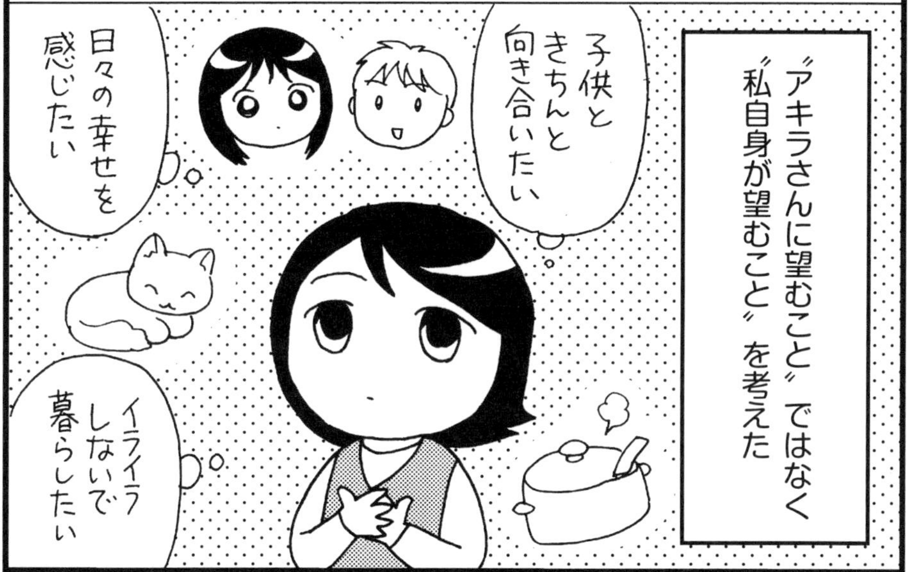
〝アキラさんに望むこと〟ではなく
〝私自身が望むこと〟を考えた
子供ときちんと向き合いたい
日々の幸せを感じたい
イライラしないで暮らしたい

STEP7 アキラさんと私の関係を許す

結婚当時の感情やアキラさんの良いところを思い出すことで過去の自分を許した
私の選択のなにが間違ってたんだろうな
……という思いがずっと残っていたが
あの時はあれでよかったんだ
認めたことで気持ちが未来に向いた

STEP8 自分を変える

私の中の〝常識〟や〝理想〟を見直して被害者意識を手放した
私は〝普通の家庭〟にとらわれすぎてた
働く夫 家を守る妻
もともとヘンな二人だったのに無理なことを望んでたんだ
それはアキラさんのせいじゃない

STEP9 自分を許す

加害者意識を手放した
私が全ての責任を負う必要はないし
罪悪感を持つ必要もない

STEP10 カサンドラは関係性の病と知る
アスペルガーの特徴に影響を受けて関係性がうまくいかない場合にカサンドラが生まれるのです
アスペルガーじたいが悪いわけではありません
〝犯人〟はいないことを知った
滝口のぞみ先生
これはあくまでも私の個人的な体験から感じたものです
人によってはちがうステップちがう結論があるでしょう
でも参考になれば幸いです
すべてのカサンドラの人たちに希望が訪れますように

カサンドラ――夫婦という最も身近な相手とわかりあえない孤独

滝口のぞみ（臨床心理士、特別支援教育士）

世界のあちこちで、カサンドラな状態の女性が注目されるようになりました。実際、臨床の現場で夫がアスペルガーである、あるいは疑われる方たちから、その苦悩をうかがう機会が増えています。その内容はとても特異なものですが、パターンは非常によく似ています。それはすべてアスペルガーの特性の問題と関連しているからです。

カサンドラの状態は、アスペルガーの影響を理解できなければ何も理解できない苦悩です。アスペルガーの人たちは、本質的には優しく、正直で、愛情もたくさんあります。社会で適応している能力の高い人たちは、周囲から特に問題なく映っています。ただ、どんなことでもシステム的に考える方が得意で、本質的には独りでいることを好み、情緒的な問題が苦手です。相手の立場から見る、共感したり、察することが上手くできません。そのような苦手さは、社会よりも親密な関係に最も影響を及ぼします。

そのことを私たちに教えてくださったのが、ツナさんの漫画『旦那《アキラ》さんはアスペルガー』でした。この漫画からご自身がカサンドラの状態にあると気づいた方も多いことでしょう。ツナさんの漫画は、パートナーにしかわからない、愛して家族となったアスペルガーの男性の姿を私たちに見せてくださいました。それは最も身近で、気持ちをわかって欲しい相手が、まさにそれが苦手だというパートナーとの生活だったのです。

では、この状態を理解されることが回復につながるのでしょうか。それは大いにあります。しかし私たちは本書から、もっと中核的で、むしろ感覚的な苦しさを読み取ったのではないでしょうか。それは、アスペルガーの人たちの表情を読むことの苦手さにあると私は思っています。

私たちは表情から多くを読み取っています。しかし彼らは表情から情報を得ることが苦手なので、自分の表情が相手に何を伝えているかに気づくことがあまりありません。そこで私たちは彼の表情から、その時の自分に対する評価をそのまま受け取ることになります。

好かれているときはそれがそのまま伝わり、強い印象を残したはずです。けれど一緒に暮らし、様々なすれ違いが生まれた時、あれほど愛してくれたパートナーが、言葉にしなくても、自分に困惑し、心底もてあまし、時に蔑み、怒り、あるいは逃げ出したくなっていることを目の当たりにすることになるのです。

カサンドラの状態は毎日そんな自分をつきつけられ、自分が壊れてしまう状態だと思います。相談しても相手には悪意がなく、知らずに自分で壊したようにいわれます。カサンドラからの回復の第一歩は、より傷つく過程を含んでいるのかもしれません。しかしそれでもその先にいつか、壊したものなら作ることもできるご自身の力に、もう一度気づかれていくように思います。その力がカサンドラにはあるからです。

カサンドラな妻たち

特別アンケートより 100人の想い

2014年夏、カサンドラについてコスミック出版HPにて特別アンケートを実施したところ、100通以上の回答が寄せられました。

共感性のないパートナーとわかりあえず、それに対する周囲の理解も得られない孤独に、いかに妻たちが悩み傷ついているかがよくわかる結果となりました。

ここにほんの一部ですが、コメントを紹介します。ご協力いただいた皆さま、ありがとうございました。

世の中からの**理解が必要**です。せめて責めないでほしいです。

私にとって深刻で親身になって欲しい話も**関心のない主人には話した事さえ記憶するのが困難なようです。**

話の**キャッチボール**ができない。夫の話し方は**ラグビーみたい。**

ちょっと変わった感覚を持っている人とわかっていて、そこが逆に**魅力でもあった**と思います。実際の生活にどう影響してくるか、**子どもが生まれるまでわかりませんでした。**

夫は言葉の裏は読めません。場の空気も読めません。
当然 **私の心も読めません。**
「あなたと同じ 悩みを持つ仲間がいる」
何よりも **「あなたの言っていることは本当のこと」**と、
励まされ 希望が湧きました。

不器用だけどいい人、という男の人に**よくあるタイプに くくられてしまう。**

私がイヤだと言うことを怒っても、泣いても、
冷静に訴え掛けてもどんな形で本人に話しても
わかってもらえない。

ボロボロ

アンケート集計結果

パートナーとの結婚年数

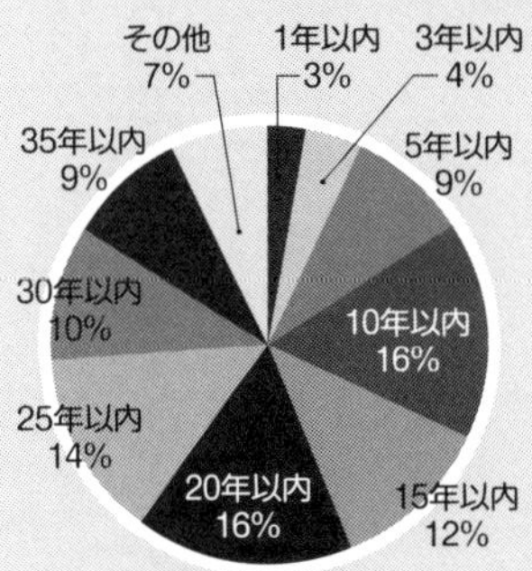
その他 7%
1年以内 3%
3年以内 4%
5年以内 9%
10年以内 16%
15年以内 12%
20年以内 16%
25年以内 14%
30年以内 10%
35年以内 9%

※あくまでも結婚してからの年数とし、同棲中やつきあっている期間は含めていない。

※その他は同棲中、あるいは対象が夫婦ではない方（職場の同僚など）。

❤長い結婚生活の中で少しずつ積み重なった違和感が、心身の不調を招くカサンドラ状態の特徴が現れる結果に。

子育て中は
この**不思議な夫を**
直視しないで
済んでいただけ
だったのかもしれません。

パートナーの意見はいちいち正論で、多分「**アンドロイド**」**と生活をしていたらこんな感じなのかもしれない**と思うのですが、感情を挟まない分、言葉のチョイスも「簡単明瞭」が優先なので命令形が多いです。

結婚してから、妊娠するまでの10年以上を、自他共に認める仲良し夫婦として過ごしました。妊娠して私が**妻よりも母親という役割を優先したことを怒る**ようになりました。

親友には言葉を尽くして説明しましたが、夫が子供をかわいがってくれるなどだけを見て「**本当によかったね**」と言います。

一番の悲しみは、**私の愛情を感じない（わからない）**と言われたことかな…。

本当に気力がなくなり、**仕事と子供との家庭生活を続けるのが精一杯**で、友人にも自分の親にも話していません。

夫がアスペルガーだと初めてわかり、
自分がどうしてこんなに
苦しいのかがわかったので、
少し前に進んだ気がします。

診断を受けてから
オットは**逆に**
「居直った」感がある。

アスペルガーそのものが
プロの医師にさえ
解ってもらえない。
解ってもらえたところで
「嫌なら離婚すればいいのに」

IQも高く、有名進学校、有名大学卒業で、
爽やかに見える人です。**私が不満をかかえた**
変な奥さんに見えるだろうなと思います。

私の体調が悪いときに主人は
「仕事は休めない」と。でも、
「何かあったら電話してね」と。
思いやりのある言葉を
かけてくれたら違うのに……。

アンケート集計結果

パートナーのアスペルガー症候群 診断の有無

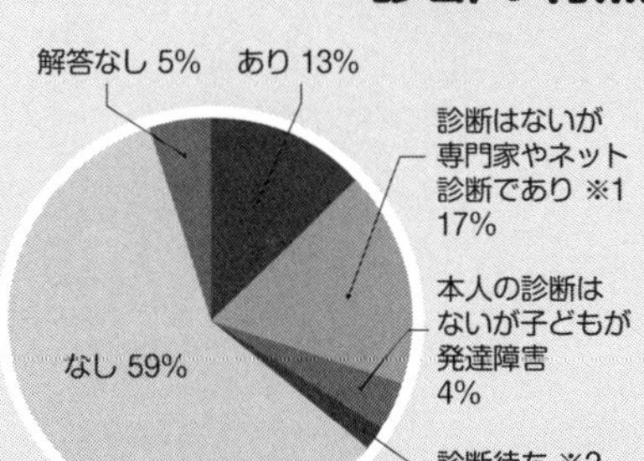

解答なし 5%
あり 13%
診断はないが専門家やネット診断であり ※1 17%
本人の診断はないが子どもが発達障害 4%
なし 59%
診断待ち ※2 2%

※1 診断はないが妻が通う病院や支援センターなどで専門家の判断があったり、ネットの自己診断テストで疑いありとされた。本人に自覚がある場合も含む。

※2 検査は受け、診断結果が出るのを待っている。

❤まず本人が受診するのが難しい。次に正確な診断ができる専門家が少ないこともこの結果から窺える。

パートナーの意見はいちいち正論で、
多分**「アンドロイド」と生活をしていたら**
こんな感じなのかもしれないと思うのですが、
感情を挟まない分、言葉のチョイスも
「簡単明瞭」が優先なので命令形が多いです。

夫の心は先着おひとり様。

昨年義母が亡くなり
私の言うことを聞くようになった。

障害が分かるまでは、
話し合いが出来ないことに困っていた。
障害があると分かってから、
私の方が話し合いを
遠慮することが多くなった。

カサンドラな妻の症状を読んでみて、
あまりにもすべて自分に
当てはまっていて驚きました。
と同時に、結婚前とあまりにも
変わってしまった自分が
なぜそうなったのかということが
納得できました。

こちらの
具合が悪い時、助けてほしい時に、
一番**機嫌が悪く**なります。

夫だけが悪いわけでも私だけが悪いわけでもない。
自分がこの人と一緒にいたいか、いたくないかという
選択の問題だと気がついてから楽になった。
ただ、そう思えるまでの間に苦労は多いので、
周囲の理解や相談できる
専門の機関があればと思う。

ヒントがほしい。
現状を良い方向に向ける方法、もしくは現状から抜け出す方法を。

「きれいな花を咲かせようと思ったら生きるために水、土などはもちろんですが、プラスの言葉をかけながら育てるとよい」
——一見必要ないように思える**動植物の世界でさえ心って関係が大切**です。

私と子どもたちの生年月日を把握してないので書類に記入できず、ずっと扶養に入れてもらえていなかったことが昨年判明し、**ただただ哀しい**です。

就労し 家庭を持ち子供に障害がない場合、**家庭内への支援は存在しない**のが現状のようです。

•● ご感想、ご意見をお寄せください。●•

「旦那《アキラ》さんはアスペルガー 奥《ツナ》さんはカサンドラ」に関するご意見、ご感想をお聞かせください。今後のシリーズに生かしていければと思います。お手紙でも受け付けています。

cassandra@cosmicpub.jp

家族関係を見つめ直し、その始まりに気づく
本書は家族カウンセリングの治療経過そのもの

宮尾益知（どんぐり発達クリニック院長）

『旦那《アキラ》さんはアスペルガー』シリーズも、もう5冊目になりました。今回が最も深刻で、でも希望に満ちた巻と言えるかもしれません。少しこの本の歴史をひもといてみましょう。

はじめの巻（『旦那《アキラ》さんはアスペルガー』２０１1年1月発行）は、アキラさんの奇妙な行動の観察から始まりました。アキラさんの理解できない行動、家族に対する考え方のおかしさ、そこから起こってくる様々なストレスに悩み、なんかヘンだぞという疑問を持っていたツナさんがいろいろと調べ、訪ねて来たのが私との出会いでした。

ツナさんから聞く様々なエピソードは、「アキラさんがアスペルガー症候群である」特徴を示していました。そのとき感じた、まるで彼、アキラさんを目の前で見ている様な不思議な感覚をいまでも覚えています。ツナさんの画像記憶と私の言語記憶とが結びついたのです。

こうして、アキラさんの特性をツナさんはあらためて理解し始めました。この段階では、あくまでも夫としてのアキラさんです。

2巻目（『旦那《アキラ》さんはアスペルガー　ウチのパパってなんかヘン!?』２０１1年11月発行）は、夫としてのアキラさんだけでなく、父としてのアキラさんが取り上げられています。

夫としての役割は何とか果たせていたアキラさんが、子供が生まれ父としての役割も果たさなければいけなくなってしまいました。アキラさんからしてみれば親の役割など誰も教えてくれず、なんの準備

もなかったことでしょう。
まだ幼い子供なのに欲しがるものはなんでも買い与えてしまったり、あるいは自分と同じ大人として捉え、子供ならできなくて仕方ないことでもなじったりしてしまう奇妙さも語られています。
結局、様々なトラブルが明らかになって、やむをえずの選択から、別居が始まり大きな転機を迎えました。
3巻目（『旦那《アキラ》さんはアスペルガー しあわせのさがし方』2012年11月発行）からは、別居後のアキラさん、すなわち、家族としてというよりも個人としてのアキラさんが語られていきます。一方ツナさんも、アキラさんを理解し、現在の状態を受け入れる気持ちとなりました。別居をすることによって、ようやく自分を取り戻すことができたのです。
この巻は特に、ツナさんとアキラさんの個と個の関係で物語が進んでいきます。こんなにもいろいろなことがあっても、背後にはアキラさんへの愛が語られていました。何だ、この作品はアキラさんへのラブレターじゃないかと思ったことを覚えています。
4巻目（『旦那《アキラ》さんはアスペルガー 4年目の自立!?』2014年5月発行）は、アキラさんの生き方を振り返っています。
子供時代、一人暮らし、家族の中のアキラさんが語られていきます。2人の子供も大きくなってきて自分の考えを持ち、家族に対する批判もできるようになりました。こうして家族は、新しい出発をすることになるのです。
そして新しい出発から、家族をもう一度振り返る「こころの旅」が新シリーズである本書、『旦那《アキラ》さんはアスペルガー 奥《ツナ》さんはカサンドラ』になるわけです。

人と人が出会い、新しい家族が作られる

人を関係性から考えていく、これが家族療法の原点です。この家族療法の観点で本書を読み解いてみましょう。
人は最初、誰かの子供として生まれ、親との関係性の中で育っていきます。母との愛着、父との社会性を通じての結びつきから様々なことを学びます。

そうしていくうちに思春期で親との葛藤が生まれ、やがて親と訣別していきます。一方で誰かと出会い、恋が始まって2人にとっての新しい家族が作られていくわけです。

恋人同士から夫婦という関係になった2人は、さらに子供が生まれたときから、夫だけでなく夫と父の二役を演じることが必要になります。もちろん妻は妻と母親の二役を演じるわけですが、ツナさんはいとも簡単に、といいますか、自然に演じ分けていきます。

ところが、こうした状況により二役を演じることは、アスペルガー症候群の人には最も難しいことです。アキラさんの場合もツナさんの妊娠をきっかけにして同居という形が作られ、新しく家族という形態に、準備期間もなく突入していきました。

子供が幼児のうちは仕事に、家事や育児にとそれぞれが忙しく、奮戦状態が続きましたから、アキラさんも何とか、すれすれで通過することができました。

けれど、アキラさんの借金問題をきっかけに大きな問題が訪れます。別居が始まるわけです。

どこの家庭でも子供が学童期、思春期と進んで行くに従って、子供は親に様々な疑問を持つようになります。そして、子供が親離れをし、新たな家族を始めるときから、再び夫婦2人が中心の生活に戻っていきます。ここで「ぬれ落ち葉現象」も起こってくる場合もありますが、そうならずに、野波家の物語は新たな展開をしていきます。

キーワードは「カサンドラ症候群」です。

絡んだ毛糸の中に潜む愛に気づく

自分を知ること、家族を理解することは「人の振り見て我が振り直せ」が最も有効な方法です。相手を観察することで、自分の行動も振り返っていくのです。ツナさんにもたくさんの気づきが生まれていきました。

アキラさんの借金、しかも妻が知らないところでの借金から崩れていった野波家ですが、それはツナさんの、2人で作り上げていく家庭に秘密があるわけがないという思いからでした。

アキラさんから与えられるものが何もない、コダマだけのような世界を変えようと奮闘していたツナさんは疲れ果て、カサンドラ状態に陥るのです。

そんなツナさんにとって、別居はアキラさんを客観的に見ることができるとても良い選択でした。別居して相手に期待しない思いを持つようになり、一つの結論が出ていきます。絡んだ毛糸の中に潜んでいた愛に気がついたからでした。

すなわち、変わらないけど変えようとは思わない、そんなあなたで良いという思いを持つに至った愛の始まりに気がついたのです。

おそらくアキラさんが攻撃型ではなかったことも、この思いに気づくまでの時間を持ち、考えることができたポイントでした。

「初めて相手を好きだと気がついた一瞬の、アキラさんの目を見ていた」ツナさんの愛を潜ませた目と、その時のツナさんを見つめていたアキラさんの目とは、もしかしたら意味が違っていたのかもしれませんが、新しい家族が生まれるきっかけとなったのでした。

アスペルガーの人は、大事な一瞬をまるで写真のように覚えています。漫画家のツナさんも同じように、大事な一瞬をイメージで切り取り、覚えておくことができる人なのでしょう。愛があった目と、愛は自覚していなかったかもしれないけれど見つめていた目が一枚の写真に収まったのです。

一枚の写真の中で、ハートのマークが本当の意味でつながるときは来るのでしょうか。野波家という家族の、次のストーリーとなるのでしょうか。そのことはまだ、誰もわかりません。

ともかくツナさんは本書を描いていくことで、新しい家族が生まれたきっかけを思い出し、様々な感情に気づいたのでした。

家族関係を見つめ直し、その始まりに気づいていくこと。その後の時間で起こった様々な問題や、複雑に絡み合った感情のもつれを解きほぐしていくこと——それが家族カウンセリングの治療経過です。

つまり、本書はまさにツナさんの治療経過であり、カサンドラに悩む多くの方々にとってもヒントとなるでしょう。

あとがき

みなさま
読んでくださって
ありがとうございます。
前作『旦那《アキラ》さんはアスペルガー ～4年目の自立!?～』で
少し描くことができた
『カサンドラ』を今回は
じっくり描きました。
これまでページの都合で
描けなかった事や
あえて描かなかった事も
描いています。
逆に、これまでに
くわしく描いた事は
今回省略しました。
例 日常生活のこと
子供のこと
アスペルガー対応のこと
ひっこしのドタバタ
その後のアキラさんの生活
……などなど
読み比べてみると
発見があって
面白いかもしれません。
旦那さんはアスペルガー
いつもたいへんお世話になっている
宮尾益知先生に加え、
宮尾先生からご紹介いただいた
滝口のぞみ先生からも
たくさんのお話を
うかがうことができました。
素晴しい出会いに
感謝しています。
宮尾先生、滝口先生、
本当にありがとうございました。

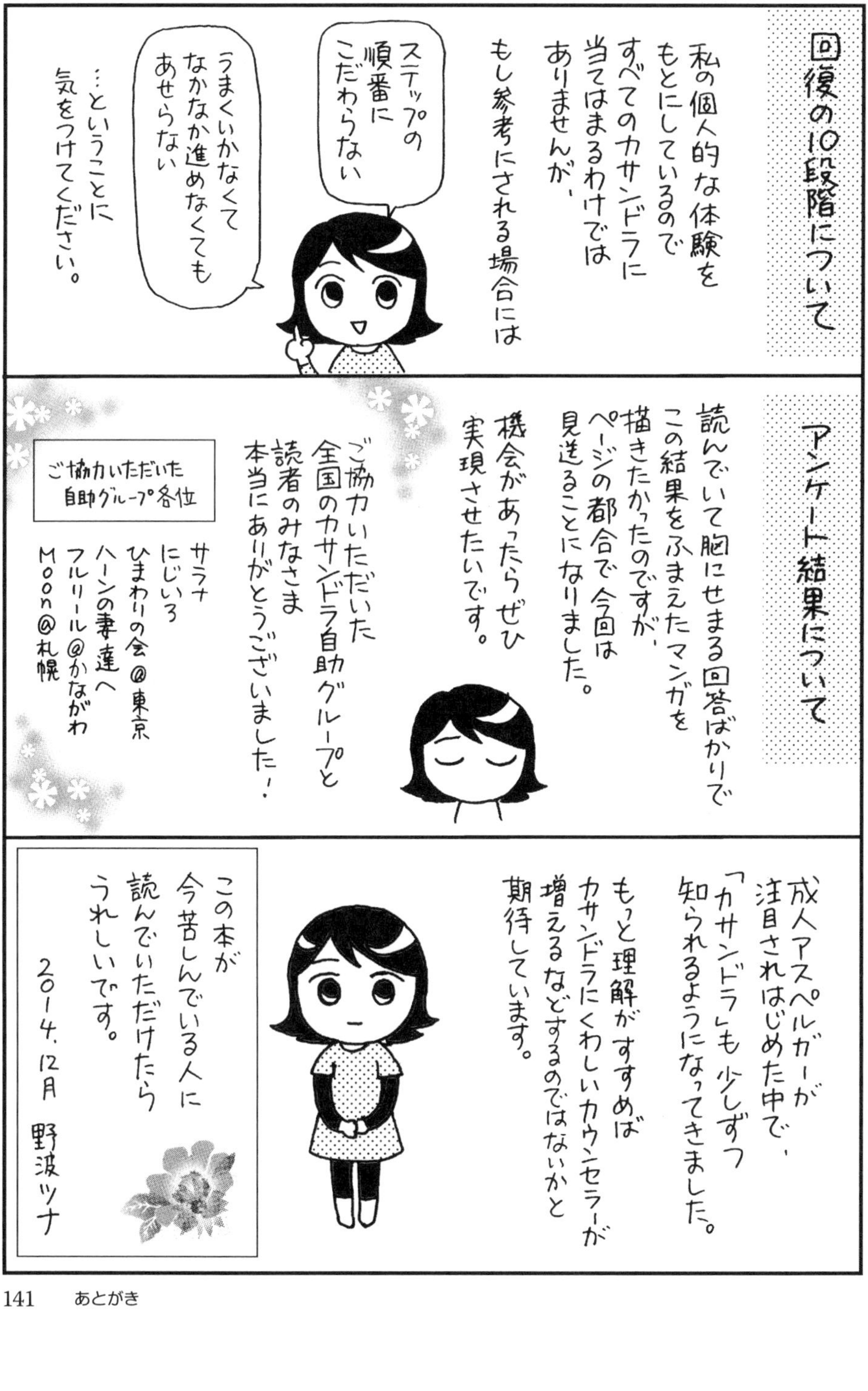

回復の10段階について
私の個人的な体験をもとにしているのですべてのカサンドラに当てはまるわけではありませんが、
もし参考にされる場合には
ステップの順番にこだわらない
うまくいかなくてなかなか進めなくてもあせらない
…ということに気をつけてください。
アンケート結果について
読んでいて胸にせまる回答ばかりでこの結果をふまえたマンガを描きたかったのですが、ページの都合で今回は見送ることになりました。
機会があったらぜひ実現させたいです。
ご協力いただいた全国のカサンドラ自助グループと読者のみなさま本当にありがとうございました！
ご協力いただいた自助グループ各位
サラナ
にじいろ
ひまわりの会＠東京
ハーンの妻達へ
フルリール＠かながわ
Moon＠札幌
成人アスペルガーが注目されはじめた中で、「カサンドラ」も少しずつ知られるようになってきました。
もっと理解がすすめばカサンドラにくわしいカウンセラーが増えるなどするのではないかと期待しています。
この本が今苦しんでいる人に読んでいただけたらうれしいです。
2014.12月
野波ツナ

著者◎**野波ツナ**（のなみ・つな）

東京生まれ。多摩美術大学デザイン科、少女漫画アシスタントを経て青年誌でデビュー。現在、体験コミックなど多方面で活躍中。「旦那（アキラ）さんはアスペルガー」（小社刊）でアスペルガー症候群と気づかないまま大人になってしまった夫との結婚生活を赤裸々に描き注目を浴びる。著書は「旦那さんはアスペルガー」シリーズのほか、「発達障害がある人のための みるみる会話力がつくノート」（講談社　柳下記子著／漫画担当）。うお座、A 型、2 児の母。

監修◎**宮尾益知**（みやお・ますとも）

東京生まれ。どんぐり発達クリニック院長、ギフテッド研究所理事長。徳島大学医学部卒業後、東京大学医学部小児科、ハーバード大学神経科研究員、独立行政法人国立成育医療センターこころの診療部発達心理科医長などを経て、2014 年より現職。専門は発達行動小児科学、小児精神神経学、神経生理学、特に発達障害の分野で第一人者。『わかってほしい！ 大人のアスペルガー症候群』（日東書院）ほか著書多数。

解説◎**滝口のぞみ**（たきぐち・のぞみ）

東京生まれ。臨床心理士、特別支援教育士。どんぐり発達クリニックで心理療法士も務める。青山学院大学卒、白百合女子大学大学院、博士（心理学）。青山学院等で非常勤講師を務める他、私立小、中、高校にてスクールカウンセラーを務める。夫婦関係の心理を専門に研究、発達障害の保護者およびパートナーのカウンセリングを行っている。カサンドラ情動剥奪障害の提唱者、マクシーン・アストンの翻訳を本書監修の宮尾益知氏他と近く刊行予定。

旦那《アキラ》さんはアスペルガー
奥《ツナ》さんはカサンドラ

【著者】
野波《のなみ》 ツナ

【監修】
宮尾《みやお》 益知《ますとも》

【解説】
滝口《たきぐち》のぞみ

【編集協力】
西田さちえ

【発行者】
杉原葉子

【発行】
株式会社コスミック出版
〒 154-0002 東京都世田谷区下馬 6-15-4
代表　TEL 03(5432)7081
営業　TEL 03(5432)7084
　　　FAX 03(5432)7088
編集　TEL 03(5432)7086
　　　FAX 03(5432)7090

【ホームページ】
http ://www.cosmicpub.com/

【振替口座】
00110 - 8 - 611382

【印刷／製本】
中央精版印刷株式会社